EL BARCO DE VAPOR

Los ladrones del Santo Grial

Renato Giovannoli

sm

Primera edición: septiembre 1996
Décima edición: noviembre 2005

Dirección editorial: Elsa Aguiar
Traducción del italiano: Rosa Huguet
Imagen de cubierta: Alfonso Ruano

Título original: *I predoni del Santo Graal*

Impresores, 15
Urbanización Prado del Espino
28660 Boadilla del Monte (Madrid)
www.grupo-sm.com

CENTRO INTEGRAL DE ATENCIÓN AL CLIENTE
Tel.: 902 12 13 23
Fax: 902 24 12 22
e-mail: clientes@grupo-sm.com

ISBN: 84-348-6218-2
Depósito legal: M-38939-2005
Impreso en España / *Printed in Spain*
Gohegraf Industrias Gráficas, SL - Casarrubuelos (Madrid)

A mis hijos
Pietro, Tommaso, Giovanni,
y a María Sole,
su madre y mi esposa.

1 *Donde, después de haber oído hablar de un tesoro fabuloso, entro a formar parte de la corporación de los pícaros*

CORRÍA el año del Señor mil tres..., no, mil cuatrocientos... Pero ¿qué importancia tiene? Era un año como cualquier otro en la taberna de la gran Margot, de quien —mi nombre es Robin— tengo el honor de ser hijo ilegítimo.

En cuanto a mi padre, había oído decir que era un poeta. Se había perdido su rastro cuando se le conmutó una pena de muerte a que había sido condenado por el exilio, y esto ocurrió poco antes de que yo naciera.

La taberna de mi madre (quizá la conocéis; está en París, en un callejón detrás del Colegio de Navarra) es lugar de encuentro de goliardos y jugadores de azar, de falsificadores y de ladrones; en fin, de bellacos de la peor ralea.

De ellos, ¡pobre de mí!, aprendí la manera de vivir, y hasta los doce años lo hice en aquel mundo sórdido y violento.

Mi madre estaba más ocupada en recibir a los clientes que en darme una educación, pero el buen Dios que está en todo hizo que mi joven intelecto no quedase completamente en ayunas de la ciencia: de un clérigo borracho, estudiante de teología, aprendí un poco de latín y de metafísica; de un viejo vendedor ambulante de almanaques y calendarios aprendí los principios del *argot jobelín*, la «lengua de germanía» de los ladrones y vagabundos; de presuntos peregrinos aprendí las maravillas de los caminos de Roma, Santiago y Jerusalén, donde nuestro Señor fue glorificado.

Y quizá por oír estas narraciones es por lo que antes de cumplir los doce años me vino la idea de completar, al estilo de los aprendices, mi formación con un viaje, y decidí que aprovecharía la primera ocasión que se me presentase.

Esto me pasó la tarde en que un joven estudiante de la Facultad de las Artes vino a gastarse en mujeres y vino buena parte (el resto se lo jugó a los dados) de la bolsa de dinero que su padre le había mandado para que pudiera continuar sus estudios.

Las diversiones duraron hasta muy tarde y yo me quedé dormido dentro de un gran arcón de madera, al lado de la chimenea, que se usaba para guardar la leña y que ahora estaba casi vacío.

Me desperté sobresaltado al oír una risotada mezclada con una fuerte tos. La habitación estaba casi a oscuras y dos extraños personajes charlaban a la luz de una vela.

El mayor de los dos tenía unos cuarenta años, el cabello rizado gris, nariz ganchuda, ojos estrábicos y alucinados, una cicatriz en la frente y un sombrero mugriento en cuya ala, levantada por delante, llevaba sujeta una gran concha de Santiago.

Su nombre era Coquillon, por lo menos así le llamaba el otro, que recibía en cambio el nombre de Colin, y de vez en cuando el de Colin le Sanglier.

Colin no parecía tener más de veinte años. Casi rubio, con el cabello suelto sobre los hombros, llevaba una chaquetilla de cuero que le dejaba desnudos los brazos musculosos, tatuados con corazones traspasados, espadas y serpientes. Al cuello, colgado de un cordel, un colmillo de jabalí, y en el lóbulo de su oreja izquierda un aro de oro. Hablaba con un fuerte defecto de pronunciación por culpa del cual las «f» y las «s» le silbaban entre los afilados dientes, y una luz de maldad brillaba en sus ojos.

—¿Berart de la Barre? —preguntó al otro—. ¿Y adónde dices que está a punto de irse?

—¡A Santiago te digo! ¡De peregrino! Berart penitente... Es algo que no se puede creer... El hecho es que aunque se diga armador y justifique sus riquezas como presuntos negocios de ultramar, nadie le quita de ser un pirata. Ha limpiado todos los mares desde Brest a Jerusalén... y se va a Santiago de Compostela con el bastón de peregrino...

—Coquillon —rió Colin mirando la concha clavada en el maltrecho sombrero del compadre—, a Santiago has ido también tú...

—Sí, ya, pero para mí ha sido más una fiesta que una penitencia —respondió el bizco—, y haciendo camino he desplumado a un buen número de pollos... Y también es tradición para nosotros, *coquillarts*, hacer la Vía Láctea, y Santiago siempre ha protegido a nuestra orden... —aquí se le escapó una risita ahogada que interrumpió llenándose la boca con un gran trago de vino. Después de recobrar aliento añadió—: Pero Berart va de penitente, te digo.

—¿Y...? —dijo le Sanglier con una mueca porcina—. ¿Qué hay de extraño en eso? ¿Cuánto tiempo vivirá Berardo todavía? Ahora que su botella se está agotando, siente en su culo las llamas del infierno. Quiere salvar sus nalgas, o sea su alma, hablando con respeto.

Coquillon sorbió otro trago de vino y explotó en una de sus risotadas:

—Y con todo el dinero que tiene, seguramente logrará salvarlas...

—¿Qué quieres decir?

—Quiero decir que a Compostela no se va

con las manos vacías. Parece arrepentido de verdad y lleva todos sus tesoros como ofrenda a Santiago.

Colin calló y de improviso hubo un absoluto silencio. Yo escondí la cabeza, que me había atrevido a sacar del arcón, y aguanté la respiración.

—Es uno de los hombres más ricos, si no el más rico de Francia, —continuó Coquillon—. Rico como lo fue Jacobo Corazón...

—Dicen en mi país, en el Berry —divagó Colin, apodado el Jabalí—, que Jacobo Corazón tenía una gema serpentina. Las serpientes, a veces, hacen piedras preciosas, ¿no lo sabías? Me han dicho que son los huevos...

—Nunca he visto nacer serpientes de las piedras preciosas...

—¡Bueno, al diablo! Las piedras de las serpientes existen y quien las encuentra consigue todas las riquezas...

—¡Ésa es la piedra filosofal y el Santo Grial que todos buscamos! Entiendo que Jacques Coeur se hubiera enriquecido hasta ese punto. También Berart, dicen, tiene su amuleto y su Santo Grial...

Los ojos de Colin adquirieron aquel aire tonto que de vez en cuando alternaba con su mirada perversa. Después, su mirada aviesa ganó terreno:

—¿Qué me importa a mí ese santo grial? ¡Robémosle por el camino y arrebatémosle todo el tesoro!

—Es justo lo que intento hacer. Reuniré a toda mi vieja banda de rufianes para ello. Pero te aseguro que el grial de Berart no es nada despreciable. Te digo que con lo que saquemos del mismo podrías poner un hostal y arreglarte para siempre... Es una copa de oro purísimo que lleva incrustadas cuatro piedras grandes de gran valor: un diamante, un rubí, una esmeralda y una extraña piedra negra que vale más que las otras tres y el oro de la copa juntos. Es una piedra de las Indias capaz de revelar la presencia de venenos. Si se echa veneno en la copa o simplemente se acerca a la misma, la gema reluce con todos los colores...

—¡Peste negra! —silbó entre dientes Colin—. Pero, ¿quién te ha dado ese gran soplo?

—François. Él es quien me ha encargado este asunto...

—¡El maestro François! ¡El viejo loco! ¡Él y sus burlas son una leyenda para la Escaramanta! ¡Es un pájaro del bosque desde hace más de diez años (dime, ¿es verdad que ha estado en el País de las Hadas?), y las pocas veces que ha salido a la luz del sol ha sido para dar un golpe memorable...

—¡Bien puedes decirlo! Sus hazañas se cantarán en las cortes y en las tabernas durante muchas generaciones. Pero ahora abre bien los oídos y, si puedes, despierta el intelecto, porque te hablaré de cuestiones relativas al ejercicio de nuestro Arte y no de las vanidades del mundo. Berart saldrá de París con una escolta de cinco o seis hombres dentro de una semana. Le acompañará incluso un gran clérigo, mensajero del obispo de Santiago. El tesoro irá cargado en una carroza, pero la copa estará en una alforja que el mismo Berart llevará colgada en la silla de su caballo. Y esto, querido y tierno amigo, te explica sobradamente el valor del tal objeto...

—¿Pero cómo se las arregla François para saber todo eso? —preguntó Colin, sorprendido.

—Bueno..., se da el caso de que el confesor de Berardo está tremendamente endeudado con él por culpa del juego, y que por esta deuda le ha vendido, digámoslo así, el secreto de confesión. La marcha, como ya te he dicho, está fijada para dentro de una semana, y justo dentro de una semana, el primero de mayo, se celebrará en Chinon la gran reunión anual de la Escaramanta.

—Iremos, ¿verdad Coquillon?

—No me interrumpas; la lección no ha terminado. Tengo el encargo de reclutar a la banda idónea para el caso y la gran reunión será perfecta para ello. Tenemos necesidad de gente hábil en el manejo de la espada, y los gemelos Holofernes y Nemrod Grangargue son ideales. Naturalmente necesitaremos también un herrero y un revientacajas, y ya puedo decirte que Giùbal Tubalcain estará en el grupo. También procuraremos que se una a nosotros Lázaro il Cagou, hombre de los mil enredos y fino conocedor de las insidias y oportunidades de los caminos. Igual que Berart de la Barre, haremos también nosotros el camino de Santiago, y creo que le encontraremos seguramente en Navarra...

A Colin le brillaron los ojos:

—¿Y cuánto será mi parte?

—Dividiremos como siempre, respetando las jerarquías de la Escaramanta: tres partes a François que es venerable, dos partes a mí y a Giùbal que somos maestros, una parte a ti y a los demás que sois simples compañeros... Y, vaya, ¿es que sólo piensas en el dinero? Hace seis meses que vives a mi cargo. ¡Creía que tenía como escudero a un hábil ratero y ahora me sales con que aspiras a mucho más!

—Perdona... —balbuceó Colin.

—Pon un poco de leña al fuego, que aquí nos estamos helando.

Encogido dentro del arcón, oí los pasos de Colin el Jabalí, que se acercaba. Ya estaba inclinándose para coger un trozo de leña cuando yo me anticipé. Salté fuera como una rana, gritando:

—¡Llevadme con vosotros! ¡Yo también quiero

ir a la gran reunión de la Escaramanta! ¡Quiero hacer el camino de Santiago siguiendo las huellas de Berart de la Barre! Llevadme, haré los trabajos más humildes...

Colin me agarró por los cabellos y se sacó de la cintura un cuchillo que centelleó a la luz de la vela.

—¡Coquillon! —dijo—. Este mocoso lo ha oído todo. ¡Le mato en seguida! —y acercó la hoja a mi cuello.

—¡Un momento, buen Colin! No seas tan impulsivo —intervino Coquillon. Después se dirigió a mí—: ¿No eres Robin, el hijo de la gran Margot?

—Sí, capitán Coquillon.

—En efecto, era mi grado en el ejército... —se sintió lisonjeado el bribón. Después, con acento severo, añadió—: Muchacho, nos metes en un problema, un verdadero trabajo de Hércules... —Coquillon amaba las citas clásicas aun fuera de lugar—. Colin, entendámonos, tendría todas las razones del mundo para cortarte el cuello... —noté la hoja fría del cuchillo apoyarse en mi garganta—, pero no podría faltarle al respeto a tu madre... Por lo que acepto tu candidatura: durante siete semanas estarás a prueba, después te afiliaremos a la banda. Pero, ¡atento! Obediencia absoluta y (Dios te salve del pecado de Judas) no te pase nunca por la mente traicionarnos. O te dejaré en las manos de Colin...

Los ojos del Jabalí brillaron más perversos que nunca.

—Si nos traiciona, no me limitaré a cortarle el cuello —sonrió con maldad—. Primero quiero...

—Mi querido ayudante —le riñó con cariño Coquillon—, no precipites tus intenciones. ¡Ahora, déjale! Hasta nueva orden, nuestro querido Robin es un leal aspirante a bribón.

Llenó una jarra de vino y me la dio:

—¡Bébetela de golpe y que te siente bien!

No podía negarme a ello; también Coquillon y Colin bebieron vino.

—Es hora de irnos —sentenció Coquillon. Recogieron dos sucias bolsas que tenían al pie de la mesa (Coquillon cogió también su bastón de peregrino) y se dirigieron a la puerta.

—Te recomiendo, muchacho, que andes con cuidado. No sería elegante dejarte coger por los gendarmes después de pedir la afiliación a la gran corporación de los bellacos. Pero no tengas miedo, la noche es nuestro elemento, que por algo nos llaman «los favoritos de la Luna».

—Maestro Coquillon —objetó Colin—, esta noche no hay luna...

Coquillon le empujó bruscamente hacia el cuadrado negro de la puerta. Después, con un gesto de la mano, me invitó a salir también a mí.

Necesité algún tiempo para que mis ojos se habituaran a la oscuridad y mis pies al barro de la calle. Estuvimos andando largo rato así, a oscuras y por el barro.

2 *Donde, junto a Coquillon y a su digno compadre Colin le Sanglier, resbalo en el barro de la calle y tropiezo con el sargento Gualberto*

ERA el mil cuatrocientos... Eran tiempos sombríos. Lejanos los días del rey Arturo y los caballeros de la Tabla Redonda, y también lejanos los años del rey Luis el Bueno. Eran tiempos de pestes y de interminables guerras. El mundo —y el barrio donde había vivido era un admirable trozo del mismo— había caído en un total desorden. Todo andaba al revés. Los monjes abusaban de este mundo y los caballeros se daban al pillaje; los defensores de la ley se ponían de acuerdo con los bandidos. Sólo el dinero y la fuerza bruta gozaban del respeto de los hombres.

Estaba meditando esto cuando dos hombres a caballo, seguidos de algunos armados a pie, nos cayeron encima.

—¡Los gendarmes! —tuvo tiempo de decir Coquillon antes de encontrarse literalmente clavado en un portón, atravesado por la pica de uno de los caballeros.

Mientras, Colin, que soplaba por las narices y hacía rechinar sus dientes, y yo fuimos también inmovilizados por dos hombres a pie. El tercero corrió a agitar una linterna frente a la cara de Coquillon, y otro caballero, que llevaba un sombrero con grandes plumas y tenía una venda negra tapándole un ojo, dijo:

—Mira, mira... El viejo Coquillon con su digno compañero Colin el Puerco. Ya os había advertido que el único lugar para vosotros en esta ciudad era el banquillo de la horca...

—¡Gualberto! —exclamó sonriendo Coquillon. Después, dirigiéndose a mí, añadió—: Hijito, te presento a Gualberto Châtelain, sargento de la guardia del preboste. Un gran hombre, te lo aseguro. Ha combatido contra los sarracenos con las gentes de Berart de la Barre...

—¡Gualberto, por Dios! ¿Se trata así a los amigos? —se entrometió Colin, recibiendo a cambio una bofetada en la boca que le propinó uno de los gendarmes.

—Sois más viscosos que una serpiente, pero no tan listos —dijo Gualberto, que parecía de buen humor por el encuentro—. Has nombrado a propósito a Berardo —continuó—; justo ayer vino a verme pidiéndome noticias de ti. Me pareció que temía que tú pudieras fastidiarle de alguna manera... Incluso me prometió una bolsa de florines si de una buena vez la cuerda del verdugo te rompía el cuello. La suerte, por lo que parece, es mía.

Estuve a punto de gritar que me habían raptado y dar las gracias a los gendarmes por haberme salvado. ¿Pero de qué habría servido? Sin contar que había prometido fidelidad al capitán Coquillon.

—Venga, Gualberto —dijo el egregio bribón—, no serán esas cuatro monedas suficientes para hacerte traicionar a un amigo de los mejores años, el cual —y sus ojos bizcos sonrieron— un día muy próximo será tan rico que te podrá ofrecer mucho más...

Gualberto hizo una señal a sus hombres y éstos empezaron a encadenar nuestras manos.

—Gualberto —gimió Coquillon—, esto no puedes hacérmelo; no es leal, amigo mío. Te lo ruego, no me puedes arrestar en vísperas de mi triunfo...

Los hierros se cerraron alrededor de nuestras muñecas y formamos un pequeño cortejo de prisioneros encadenados unos a otros.

Coquillon imprecó, maldiciendo nuestra desgracia:

—Bueno, estaba por meter mano en las ilícitas riquezas del cerdo de la Barre —volvió a gemir—, lo que para mí iba a significar una vejez honesta y acomodada, y por el contrario, ¡acabaré en prisión!

—En la horca..., en la horca... —le corrigió Gualberto, bajándose del caballo, mientras sus hombres se reían de Colin haciendo gestos amenazantes.

Luego se acercó a Coquillon con cara preocupada:

—¿Qué decías del puerco de la Barre?

Coquillon se mordió los labios para indicar que no debía hablar, pero yo ya empezaba a conocerle y comprendí que aquel gesto formaba parte de la comedia:

—¡Bueno, al diablo! —exclamó—. ¡Me colgarás igual! Berardo va en peregrinaje a Santiago de Compostela y lleva su tesoro como voto al santo...

Gualberto sonrió meneando su cabeza.

—¿No lo crees? ¡Te lo juro por Santiago! Y ese tesoro habría sido mío si no te hubiera encontrado...

—Coquillon..., ¿cómo puedo creerte?

—Gualberto, la décima parte del botín es tuya...

—Es que no puedo creerte —dijo el sargento Gualberto—. Pero quiero ayudarte. Tomo por buena tu promesa de perjuro, pero naturalmente también tú debes resarcirme con un pequeño anticipo; entiende, lo suficiente para permitir a estos muchachos tomarse una buena jarra de vino cuando hayan acabado la ronda.

—La desgracia me persigue —siguió gimiendo Coquillon—. No tengo ni sombra de dinero —y tiró al suelo una bolsa de la que apenas cayó alguna moneda pequeña.

Uno de los guardias iba a recogerla, pero Gualberto la hundió con el pie en el barro.

—Lástima —exclamó—; tienes de verdad la negra —y haciendo un gesto a sus hombres, que empezaron a pincharnos con las picas, puso el pie en el estribo para montar de nuevo a caballo.

—¡Está bien, está bien; aquí en la orilla del jubón —gritó Coquillon— tengo cien escudos, todo mi capital! Tendremos que mendigar por el camino...

El gendarme que parecía ser responsable del dinero se echó sobre Coquillon armado de un puñal y le cortó la orilla del jubón, de donde cayeron una veintena de monedas de plata que relucieron en la oscuridad.

Gualberto escupió en el suelo y se arregló la venda del ojo. Después, mientras el gendarme repartía las monedas entre los componentes de la patrulla, nos hizo desatar.

—Marchaos —dijo— y no os dejéis ver más. En tus promesas está bien claro que no creo, pero solamente si fuera verdad lo que has dicho te podrías salvar de la horca la próxima vez que te encuentre.

—¡Gracias, Gualberto! Ya sabía yo que eras

un amigo —dijo Coquillon, inclinándose y saludando con el sombrero—. Dios te lo pagará..., incluso el vulgar robo con el cual también tú te has manchado.

Cuando pronunció estas últimas palabras, Gualberto y los suyos se habían alejado ya. La placita donde se había desarrollado la escena se quedó oscura y silenciosa. Mi corazón latía fuertemente y no podía pronunciar palabra.

—¡Maldito bastardo! —rezongó Colin—. Nos gastará una broma pesada, se lo has dicho todo.

—No me ha creído, ya lo has visto. Y al final he podido salvar mi piel y la tuya. Espero que ahora no te pondrás a discutir —le respondió Coquillon, y dirigiéndose a mí, añadió—: Bueno, chico, ya has tenido tu primera lección y estoy seguro que habrás sacado de ella distracción y entendimiento. Pero corramos, que lo mejor aún está por llegar.

Se estiró la orilla del jubón, que empezaba a deshilacharse, recogió la alforja y empezó a andar.

—Robin —preguntó parándose de improviso—, ¿sabes cuál es la ruta para Santiago?

—No, capitán.

El bergante levantó un dedo hacia arriba.

—Mira —dijo—, ¿ves esa franja blanca que atraviesa el cielo? Es la Vía Láctea. Un chorro de leche salido del pecho de Juno, dicen los sabios. Pero yo te digo que es el bastón de Santiago y que indica el camino hacia la tumba del santo, como pudo verificar por primera vez el valiente Carlomagno, si no me equivoco...

Bajé la vista y me pareció ver reflejada la luminosa banda blanca en los charcos de la calle, como señalándonos el camino.

—¡En marcha, compañeros! —exclamó alegremente Coquillon, y nuestro viaje empezó de verdad.

3 *Donde encontramos a François y nuestro viaje se transforma en fuga*

PRÍNCIPES, duques, obispos y señores,
ricos, no lo niego, en sabiduría,
que en vuestros castillos y abadías
tenéis guardadas arcas con valores.

No puedo dejar de inclinarme
y a vuestras excelencias imploro:
¡Atentos! (no es por vanagloriarme)
¡que el ladrón no robe vuestros tesoros!

Bien, atended, os ruego, a mi consejo:
los ojos abiertos nunca será bastante
(los ojos abiertos, liso el entrecejo),
¡que no os quiten nada los bergantes!

El juglar subrayó con un arpegio del laúd y con una sonrisa que era casi una mueca el final de su balada, mientras el público, formado por gruesos campesinos que llenaban la posada, explotaba en grandes carcajadas.

Hacía casi tres días que estábamos de viaje. Coquillon no había sido muy explícito con respecto a lo que haríamos en el camino; sabía sólo que pronto encontraríamos a François, el misterioso jefe de la banda.

Mientras atravesábamos una aldea, no lejos de Orleans, oímos la música y el clamor que salía de una posada.

—¡Unámonos a la fiesta! —exclamó Colin—. Comeremos y quizá bailaremos con alguna bella pueblerina...

Aleteando, una oca atravesó la plaza bajo el sol ya caliente de aquel mediodía de abril.

—Está bien, iremos a la fiesta —decidió Coquillon—, pero tú procura no tomar iniciativas antes de que yo dé las órdenes.

En la posada se estaba celebrando una boda. Algunos de los invitados, de aspecto rollizo y cara alegre, se agrupaban alrededor de un juglar. Otros estaban sentados junto a unas mesas rústicas donde había colocadas grandes formas de queso, dorados cochinillos y panzudas odres de vino. En el extremo de una de aquellas mesas estaban sentados los novios. De aspecto sencillo, se cogían afectuosamente sus gordinflonas manos. Nosotros nos quedamos cerca de la puerta, procurando no llamar la atención.

Pero el juglar nos vio y nos saludó con la mirada. Cuando terminó su balada, los alegres invitados le aplaudieron riendo. No habían acabado todavía las risas cuando el arpegio del laúd, que se había parado por un momento como para subrayar el final de la canción, empezó de nuevo más alegremente que antes, anunciando una nueva estrofa:

Queridos amigos que alegres bebéis
el fruto honesto de vuestras fatigas
y que a pesar de todas las bebidas
conserváis llenas bolsas y barrigas.

Descansad, os lo pido compañeros,
y vigilad bien a mis compadres
que un malandrín no os coja por los huevos
y os deje sin bolsas y sin... ¡partes!

Las risas del público estaban a punto de estallar como al final de la estrofa precedente (sin embargo, noté que alguno entre aquella buena gente empezaba a tener cierta mirada perpleja), pero Coquillon y Colin las truncaron antes de nacer al precipitarse en medio del pequeño grupo.

Los aldeanos, que no habían mirado a sus espaldas, de momento no se dieron cuenta de cuanto sucedía: Coquillon, en menos de lo que cuesta decirlo, con su bastón de peregrino había golpeado la entrepierna (eventualidad de la que ya les había advertido el juglar) de tres o cuatro parroquianos, mientras Colin, igualmente rápido, les había quitado las bolsas con la ayuda de su gran cuchillo.

El juglar, para nada sorprendido por el hecho de que la desgracia advertida en sus estrofas hubiese caído tan rápido sobre su público, se unió a la pelea después de haber sacado de no se sabía dónde una corta espada.

Con habilidad de espadachín entretuvo a los campesinos que, empuñando bastones y cuchillos de cocina, habían pasado al contraataque, lo que permitió a Coquillon y a Colin escapar por la puerta.

Luego le vi saltar encima de una mesa, coger con la espada medio cochinillo asado y dirigirse con el suino también hacia la salida.

—¡Deprisa, chico! —me dijo al pasar por mi lado y metiendo en mi mano un buen trozo de queso—. No ganarás nada, aunque seas extraño al hecho, si te quedas aquí.

Nos lanzamos detrás de Colin y Coquillon, mientras una decena de gordos campesinos y dos perros medio pelados nos seguían a nosotros.

Los alcanzamos pronto, distanciándonos de la gente del pueblo que por suerte no podían con nuestra carrera.

—Maestro François, ¡estoy feliz de verte! —dijo corriendo Coquillon.

—Salud a vosotros —respondió el juglar—, pero apretad el paso. Si no, nos cogerán. Y, además, pronto nos perseguirá una patrulla de hombres a caballo con perros de caza. Nuestra única esperanza es llegar al río Loira. Allá encontraremos una barcaza que nos lleve a Tours y Chinon. ¡Venga, corramos!

Y continuamos corriendo por aquella campiña fecunda y risueña como sus habitantes (gordas eran también las casas, con los techos de paja como los pechos plumosos de las ocas), plagada de bosques y prados relucientes bajo los rayos dorados del sol. A la primera ocasión salimos al camino principal, siguiendo un sendero que bordeaba un pequeño canal de riego.

El maestro François nos guiaba con seguridad; nuestra fuga había sido rápida y alegre. Entramos en un bosque claro, atravesado por lenguas de luz, donde pastaban ocas y cerdos. Pronto el bosque espesó y se llenó de coros de pájaros enloquecidos que celebraban la puesta del sol. El cielo era aún claro cuando salimos del bosque para encontrarnos sobre las escarpadas riberas del Loira. El río, lleno por las lluvias primaverales, corría con plácida potencia.

Miramos a lo largo del mismo, a oriente y a occidente. A occidente, más o menos a media legua, se veía una gran cabaña de pescadores.

Buscábamos una barca y seguramente allá habría alguna atracada.

Era ya casi de noche cuando llegamos más o menos a unas cincuenta brazas de la cabaña: un palafito de piedras bien colocadas con una pasarela que alcanzaba la orilla del río. Hacia el centro de la corriente se prolongaba en una terraza de la que colgaba una red de pesca. En el agua se mecía una larga barca de remos.

Coquillon ordenó a Colin que fuese a coger la cuerda que aseguraba la barca a uno de los palos de la cabaña, pero François le paró.

—Ya hemos hecho una bien gorda. ¿Queréis que nos persigan todos los habitantes de la región? ¿No habéis notado que la cabaña está habitada? —dijo señalando la columna de humo que salía del techo—. Vamos a presentarnos al dueño de la casa —concluyó— y comprémosle la barca.

Bajamos hasta la pasarela que llevaba a la entrada y François gritó:

—Señores que vivís en esta casa (sea cual sea vuestro nombre), os ruego me escuchéis. No tenemos malas intenciones; sólo os queremos pedir en nombre de Dios un favor y, con su permiso, proponeros un negocio.

—No compro ni vendo nada —dijo una voz

desde dentro—. ¡Y no tengo riquezas que merezcan ser robadas!

—Patrón —continuó François—, somos peregrinos que vamos a Santiago. Queremos embarcarnos hasta Tours, donde nos gustaría pararnos para honrar la tumba de San Martín...

—También he hecho yo el camino de Santiago —dijo un viejo barbudo saliendo por la puerta que iba a la pasarela— y sé bien qué clase de gente sois.

No lo dijo con tono malévolo; más bien era amable. En la espesa penumbra no distinguíamos mucho más que una sombra negra de la cual emanaba, sin embargo, un halo de nobleza. El hombre farfulló de improviso:

—*¿Babillez vous le jobelin?*[1]

—*¡Ca c'est du vieux jargon avant la reforme, fanadel!* —respondió en seguida François— *¡Naintement on ruscaille de l'argot réformé!*[2]

—He salido del círculo hace demasiado tiempo y no conozco este nuevo idioma. Desde el fin

---

[1] «¿Habláis la jerga?»

[2] «¡Ésta es la vieja jerga de antes de la reforma, compañero! Ahora se habla un argot reformado.» François —como comprendí en seguida— se refería a una de las muchas «reformas» de la lengua de germanías, realizadas por el Colegio de los Venerables de la Escaramanta cuando se hacía necesario, es decir cuando la jerga era ya de público conocimiento y no daba garantías de seguridad.

de la guerra con los ingleses estoy retirado aquí viviendo de la pesca y tratando de elevar mis pensamientos, atormentado por una hernia y por el planeta Saturno. ¿He dicho que había salido del círculo? He salido a mi manera del vértigo del mundo, me he retirado de las vueltas de la rueda de la fortuna y de los golpes del destino (aparte de mi hernia y del planeta del séptimo cielo). Este río es un reflejo del mundo —continuó el viejo—. Mirad cómo corre. Tenía toda la razón aquel viejo sabio antiguo que decía que no se echan las redes nunca en el mismo río. Y yo añado que nunca pesco dos veces el mismo pez. Os aseguro amigos que, a fuerza de meditar sobre este río, se acaba por comprender que el mundo no es más que una ilusión... Aparte la hernia y Saturno. Cuando me entere de que éstos también son una ilusión, entonces... Pero, ¿qué queréis? Como dice el poeta:

Del dolor nace la sabiduría
y ésta es nuestra humana condición...

—Complace a un juglar saber que sus baladas van de boca en boca —afirmó François.

—¡Maestro François, encantado de conoceros! —respondió el pescador inclinándose. Puso un tono más alegre de voz y cambió de discurso—. Supongo que después de rogar en la tumba de

San Martín iréis a Chinon. Faltan sólo dos días para que sea el Primero de Mayo, y si la costumbre no se ha perdido igual que el viejo *jargon jobelin,* justo ese día debería celebrarse en Chinon la gran reunión de todos los bergantes. Estará el *grant Caym* en persona, *le Roi des ioncheurs, sive rex ribaldorum...* [3]

Se interrumpió y oímos, procedente del bosque, ladridos de perros y trotes de caballos.

—Supongo que también estos señores que están llegando siguen vuestro rastro...

—Es posible —dijo Coquillon—. Sucede a menudo que los peregrinos son acusados injustamente de faltas jamás cometidas.

—¡Patrón —intervino François—, vendednos vuestra barca!

—No me quiero embolsar dinero robado —respondió el pescador—. Tengo ya demasiados pecados y, además, ¿de qué me servirían? Vivo de la pesca y busco elevar mis pensamientos. Coged la barca; os la regalo.

François dio las gracias inclinándose y rápidamente subimos a bordo: sueltas las amarras, nos dejamos llevar por la corriente.

Ya lejos, oímos por última vez la voz del viejo pescador:

—No, no he visto pasar a nadie.

---

[3] «... el gran Caín, rey de los malandrines, es decir rey de los bribones.»

4 *Donde seguimos la corriente del Loira a bordo del Rey Pescador y, llegando a Tours, vimos arribar algunas embarcaciones*

VIAJAMOS en medio de la oscuridad durante algunas leguas, después encallamos en un islote arenoso. Fue un golpe de suerte porque la oscuridad hacía muy peligrosa la navegación. Acampamos para pasar la noche. Coquillon encendió con su eslabón de chispa un fuego con algunas cañas, que tenía más la función de iluminar un poco el ambiente que de calentarnos. De la bolsa de François salió el medio lechón asado que robó de la posada, y de la mía el queso. Los restos se tiraron directamente al río.

—El chico es nuevo —dijo François, como si se hubiera dado cuenta de mi presencia en aquel preciso momento—. ¿Dónde lo habéis encontrado? Espero que no se trate de un secuestro...

—No, no —se apresuraron a responder Colin y Coquillon, el cual añadió—: Es el hijo de la gran Margot. Nos ha pedido que le lleváramos con nosotros... ¿No es verdad, muchacho?

—Es verdad —confirmé—. Me llamo Robin y estoy a vuestro servicio.

—Robin —dijo François—, ¿te has despedido de tu madre antes de marcharte?

La pregunta sonaba a reproche, y me llamó la atención que fuera el jefe de una banda de bergantes el que me la hiciese.

—Desde Chinon —acabó con una sonrisa— le mandaremos un mensaje por medio de alguno de los compañeros que volverán a París y que no dejarán de hacerle una visita.

Una niebla gélida subía de la superficie del agua. Las débiles llamas que apenas iluminaban donde estábamos se fueron apagando. Los dientes no dejaban de castañetearme a causa del frío. Meditando sobre la aventura que como un río lleno me arrastraba, esperé el alba, que finalmente llegó.

Llegó trayendo con ella la misma risueña primavera que había alegrado nuestra fuga el día anterior.

—¡Huevos de pato, huevos de pato! —gritó Colin, descubriendo un nido entre las cañas. Y ése fue nuestro desayuno.

Después, François dijo que debíamos bautizar nuestra barca de la cual éramos ya legítimos propietarios, y propuso llamarla *Le Roi Pêcheur*, nombre que fue aceptado por unanimidad y que él mismo marcó con un cuchillo en un lado del bote.

A la luz de la mañana vimos realmente por primera vez El Rey Pescador. Tenía una decena de brazas de eslora y resultaba muy liviano. Estaba hecho con gran cuidado, fabricado con arte. Las tablas de madera, bien talladas, se ajustaban a la perfección; la carena se curvaba armoniosamente, los escálamos, el timón y la proa estaban elegantemente trabajados.

Tenía la misma aureola de honesta nobleza que su antiguo dueño (y pensándolo bien, que la casa de piedras, perfectamente colocadas, que él habitaba).

Pronto descubrimos que El Rey Pescador era perfecto para la navegación fluvial: ágil pero seguro, devoraba las leguas. Parecía un bote encantado.

Fue fabuloso navegar todo aquel día de templada primavera francesa que el buen Dios nos había regalado como escenario de nuestras aventuras. Todo resultaba nuevo y bello para mí: los rebaños de ovejas con los pastores gritando en las orillas tupidas de hierba, los puertos fluviales llenos de gente ajetreada, las anchas barcazas mercantes recubiertas por telas de colores.

François era amable y nos daba sensación de seguridad, y en su presencia incluso Coquillon y Colin parecían inofensivos. Y hasta la misma naturaleza estaba transfigurada por el sol y por el viento.

François tenía los ojos claros y un fondo de melancolía en su mirada sonriente; su barba y bigote estaban bien cuidados, sus cabellos un poco largos caían encima de su cuello, y su traje, aunque descolorido y liso, desprendía cierta dignidad. No era ningún joven, pero tenía todo el vigor de una perfecta madurez.

Yo me fiaba de François porque desde el principio me había demostrado su amistad y porque, a diferencia de Colin y Coquillon, tenía la mirada leal.

Cuando el sol empezó a bajar, los dos compañeros se adormecieron. Mientras François, con el sombrero de alas anchas ladeado sobre su cabeza, sujetaba el timón, yo remaba lentamente, ofreciendo mi pequeña ayuda a la corriente impetuosa.

En la rosada luz del crepúsculo, llegamos a las proximidades de Tours. Debíamos de estar a unas doscientas brazas de la Isla de Saint-Jacques, que con otro pequeño islote se yergue frente a la ciudad de San Martín, cuando se colocó a nuestras espaldas, y después nos adelantó, una extraña embarcación.

No mucho más grande que la nuestra, provista

de una ancha vela blanca y de un gran estandarte multicolor, cargada de hombres de mirada alucinada, con bocas abiertas en muecas demenciales, con sombreros plagados de cascabeles u orejas de burro, alguno con un embudo en la cabeza. ¡Un barco de locos! Yo había oído hablar de estos grupos de pobres locos e idiotas errantes. Repudiados por sus familias, alejados de sus pueblos, numerosos como son los locos en tiempo de locura, se reunían en hermandades itinerantes. A bordo de embarcaciones (que les regalaban por piedad o por burla, o sencillamente para quitárselos de en medio), recorrían las grandes corrientes fluviales gritando al mundo su locura y... ¡la del mundo!

¡Quién sabe! Tal vez aquellos pobres locos iban también a la gran reunión. Ciertamente pertenecían con pleno derecho al bajomundo o al mundo al revés que era el reino de los bribones y vagabundos.

Cuando llegamos al pequeño archipiélago fluvial (Tours se levantaba ante nosotros con sus imponentes casas de piedra y la catedral del santo coronándola), descubrimos que habían llegado otras embarcaciones, cuyos tripulantes se dirigían también a la gran convención de la Escaramanta.

Otra nave de locos, que no sé cómo sin vela podía remontar la corriente (¿el río se había puesto a correr en sentido contrario?), casi chocó con aquella que nos había adelantado: las dos tripulaciones, para saludarse, representaron primero un cómico abordaje con locos que saltaban de un barco al otro y caían al agua, y después una endemoniada batalla naval, arrojándose sombreros y toda clase de objetos entre sí.

—François —pregunté—, ¿en qué sentido corre el río?

—Estos son días especiales; fuera del orden, como el Carnaval, y muchas cosas van contra corriente.

—¿A qué te refieres con días fuera del orden?

—Piensa en el veranillo de San Martín. ¿Un verano en noviembre? Y, no obstante, siempre llega puntualmente; brota la hierba nueva y los árboles que estaban amarilleando se vuelven verdes otra vez. Entonces te diré que a seis meses de distancia, en el punto diametralmente opuesto al círculo del año, hay un invierno en mayo que es ahora, y no te sorprendas si dentro de poco empieza a nevar. Recuerda que cuando Perceval el Galés llegó a la corte del rey Arturo nevaba, y era mayo.

Costeamos el islote más pequeño y haciendo una curva alrededor del mismo, nos encontramos delante una barcaza llena de tullidos y leprosos, y también de mendigos profesionales que simulaban tener lepra y malformaciones corporales, como me explicó Coquillon. Esta explicación, desde luego, no me tranquilizó nada.

El espectáculo era inquietante: muchos de ellos llevaban las articulaciones e incluso la cara tapadas con viejas vendas ensangrentadas, otros exhibían nauseabundas llagas abiertas. Aquel conjunto me recordaba el ejército de muertos que había visto en los frescos de un cementerio.

Después vi, y la visión aumentó mi terror, un viejo barco cargado de feas gentes con caras patibularias, en el cual ondeaba al viento una bandera negra, con una espada y cráneo y tibias blancas. Nadie de aquella gente sonreía y todos tenían una mirada torva. ¿Una corporación de asesinos y sicarios? ¿Una nave pirata que, gracias al fenómeno de la inversión de la corriente, venía del mar Océano?

Casi esperaba ver, como en una pintura flamenca, aparecer en el cielo rojo del ocaso también algunas naves voladoras, con sus tripulaciones de gentes grotescas y demoníacas, cuando con una leve acometida El Rey Pescador arribó a la isla de Saint-Jacques.

Mientras tanto, en las islas y a la otra parte del río se habían levantado ruidosos campamentos.

También nosotros acampamos, y Coquillon y Colin, llamado el Jabalí, asaron un pato capturado y desplumado durante la navegación.

A pesar de aquellas primeras y terribles muestras del descenso a los infiernos, que continuarían persiguiéndome, acabé con un sueño tranquilo mi cuarto día de viaje y no me enteré de nada hasta la mañana siguiente.

5 *Donde oigo hablar de gigantes de estirpe cainita y en seguida conozco a un par de ellos*

La Biblia explica que Caín, después de haber cometido su primer crimen, fue maldecido por Dios y destinado a una vida errante. Sin embargo, Dios también le dio su protección, le impuso una marca y dijo: «¡Aquel que matara a Caín sufrirá siete veces la venganza!»

La primera vez que oí esta historia fue durante nuestro descanso del mediodía camino de Chinon. Coquillon nos leyó una versión en verso (¡era un literato aquel bribón!) de un opúsculo que le había comprado a un vendedor ambulante. Era un librito de pocas páginas, impreso en bonitas letras góticas, con la primera página ocupada en su mayor parte por una ilustración y un título:

Historia de Caín y de los caimanes [4]
antes y después del Diluvio
(al cual ya se dirá cómo sobrevivieron)
explicada en versos alejandrinos
por el señor Renard Marquois.

---

[4] Caimanes, es decir cainitas.

La ilustración, una tosca incisión en madera, representaba un paisaje montañoso con algunos árboles y matorrales. A la izquierda, en el horizonte, una ciudad: el Paraíso Terrenal, identificado con el lema «Edén». Sobre la ciudad, en el cielo, la mano de Dios salía de una banda de nubes y maldecía a Caín, señalado por la palabra «Caym», que estaba de espaldas a la aparición divina pero que con un movimiento extraño del cuello le observaba con rostro burlón. Al primer bergante de la historia (y patriarca de la gente como nosotros, «verdadera estirpe de Caín», me había explicado Coquillon), que llevaba un bastón y una alforja, se le veía caminando. A la derecha, en posición simétrica a la del Edén, se erguía una segunda ciudad indicada por las palabras «Caynòn sive Enoc».

El texto explicaba el episodio bíblico en tono irreverente y ritmo de balada. Empezaba, me parece, así:

En el libro de Moisés,
también llamado La Ley,
capítulo cuarto, se lee:
Aquel que todo lo puede
dijo a Caén:
«Clama a Mé desde la Tierra
la sangre que tú has derramado.»
Y se rió el fratricida
para nada impresionado.

Seguía la promesa de inmunidad que Dios había dado a Caín, del que luego se narraba cómo justamente él, el Errante, se había instalado fundando la primera ciudad, una ciudad orgullosa, llena de torres y castillos, bautizada como Enoc según la Biblia y Caynòn según otra tradición. El poeta añadía que la ciudad existía aún, pero su nombre había variado hasta transformarse en la actual Chinon.

Venía después en el libro la explicación de la complicada genealogía de los descendientes de Caín. Entre éstos se nombraba a los hermanos Giùbal, Giàbal y Tubalcain; y François y Coquillon interrumpieron de nuevo la lectura con sus comentarios.

Aprendí así que Giùbal había sido el primer guitarrista, es decir el primero de todos los juglares y trovadores, y Tubalcain el primer herrero, es decir el primero en fabricar espadas y ganzúas.

Después, el árbol genealógico derivaba y se iniciaba la lista y la descripción de toda una estirpe de gigantes nacidos del matrimonio entre las mujeres cainitas, dedicadas a la brujería, y los ángeles rebeldes. En este punto se empezaba a explicar el Diluvio, provocado por Dios para poder librarse de aquellos embarazosos adversarios. Pero un gigante, un tal Og (tío abuelo de Gog y de Magog), se había agarrado a la quilla del arca y nadando había sobrevivido al cataclismo, de modo que la genealogía, recitada siguiendo el enredado ritmo del poema, podía continuar implacable.

Y así oí nombrar los pueblos de los Refaim y los Anacim, todos gigantes a los que Josué había apaleado a bastonazos en los tiempos de la conquista de la Tierra Prometida, por no hablar de los demás titanes encadenados en el Tártaro. Después, todo un desfile de personajes, de algunos de los cuales ya conocía el nombre: Goliat, Gargantúa, Atlante, Morgante, Polifemo, Pantagruel, Marguto...

Entre otros se nombraba a Nemrod, que había edificado la torre de Babel; a Holofernes, a quien Judit había cortado la cabeza...

En ese momento Coquillon se interrumpió y la tierra empezó a temblar.

—¡El fin del mundo, el fin del mundo! —gritó Colin le Sanglier lleno de pánico.

Y Coquillon dijo sin inmutarse:

—Se habla del Diablo y éste asoma su cola. Reconozco esos pasos...

En efecto, el imprevisto terremoto tomó la cadencia de una marcha y por el camino apareció una pareja de auténticos gigantes. El más bajo era por lo menos cuatro palmos más alto que Coquillon, que era una verdadera torre humana.

Si os parece exagerado que lo defina como un gigante, diré que se trataba de un medio gigante. El otro, sin embargo, sí era verdaderamente colosal, y llegaba a tocar con la cabeza la copa de la gran encina bajo la cual habíamos acampado. Llevaba sobre sus espaldas un enorme tonel y parecía Atlante portando la esfera del mundo. Les distinguía, además de la estatura, el color del cabello: el pequeño era rubio como el oro; pelirrojo como el cobre reluciente era el mayor. Por lo demás, eran uno el reflejo del otro en el espejo. Iban vestidos con pieles, como San Juan Bautista, y como San Cristóbal llevaban el tronco nudoso de un pequeño árbol a modo de bastón.

Parecieron reconocer a viejos amigos y su sonrisa se ensanchó hasta las orejas antes de estallar en una gran risotada que sacudió todas las hojas de la encina.

—¡Los gemelos Grangargue! —exclamó François, riéndose también él—. ¡Holofernes! —dirigiéndose al pequeño— ¡Nemrod! —mirando al mayor—. Esperaba encontraros... Estamos preparando una empresa extraordinaria y necesitamos vuestros brazos musculosos.

Nemrod dejó el tonel en el suelo.

—¿Aún manejáis la espada como en los viejos tiempos? —preguntó Coquillon.

Las cosas sucedían cada vez más deprisa: de la misma curva del camino de donde habían salido los dos gigantes, apareció un pequeño grupo de campesinos enfurecidos.

—¡Ya te he dicho, Nemrod, que no debías haber robado este tonel! —gritó Holofernes—. Conoces el pacto: la región hospeda la gran reunión, pero todos los cofrades de la Escaramanta se han comprometido a no cometer actos de violencia ni robos.

—Es verdad —añadió François—. ¡En calidad de venerable de la Escaramanta, podría haceros colgar en seguida!

—No encontrarías un árbol suficientemente alto... —rió Colin—.

Por una vez había tenido un buen golpe, pero nadie tuvo tiempo de apreciarlo.

La atención general seguía centrada en los dos gigantes que, rodeados de campesinos que gritaban e intentaban golpearles con horcas y otros aperos de labranza, hacían girar sus bastones rompiendo cabezas, magullando espaldas, machacando manos, en una riada de gritos e imprecaciones, hasta que por fin la patulea de labriegos se batió en retirada: unos huían cojeando, otros apretándose con las manos la nariz rota y otros arrastrándose entre gemidos y lamentos. Dos heridos quedaron tendidos en el suelo, después se levantaron y echaron a correr como pudieron.

Pero François los llamó cortésmente y quiso que aceptasen una compensación en dinero (con pocas ganas, Coquillon sacó de su bolsa cuatro monedas de plata) y las excusas que los dos gigantes se vieron obligados a darles.

Nosotros, a cambio, nos quedamos con el tonel, y fue regada con vino la asamblea que tuvimos para poner al corriente a Nemrod y Holofernes del plan que habíamos concebido en contra de Berart de la Barre.

Los dos hermanos, descendientes en línea directa según decían del famoso Gargantúa (del cual tenían la misma capacidad para trasegar enormes cantidades de vino), garantizaban el éxito militar de la expedición, porque estaba claro que Berardo llevaría una escolta de hombres armados y, en concreto, serían las espadas las que decidieran la victoria.

Pero las armas, armas de guerra, ¿quién las proporcionaría? De eso no era necesario preocuparse, aseguró François, y Coquillon explicó los detalles:

—En Burdeos hay un puesto de *coquillarts*, gente seria, todos *narquois*[5] con excelentes contactos en el ejército. Giùbal Tubalcain ha sido

[5] Desertores.

encargado para obtener de ellos la mercancía que necesitamos junto con alguna cabalgadura... Creo que François ya le anticipó el dinero necesario.

—Se entiende —precisó François— que se me devolverá antes de repartir el botín... Además, por el hecho de ser yo quien ha ideado este golpe, me quedaré también con la copa: cierto que es la pieza más apreciada de la colección, pero en definitiva no vale más que las piedras y el oro con el que ha sido confeccionada, y oro y piedras preciosas encontraréis en abundancia en las arcas de Berart.

—¿Por qué te interesa tanto esa copa? —preguntó Coquillon.

—Se la robaron hace cuarenta años al padre de un protector mío. El hijo me ha pedido que se la devuelva... y ha acompañado la petición con un buen anticipo. Por otra parte, una burla como ésta no se puede organizar sin un mecenas.

—¡Por nosotros, de acuerdo! —dijeron al unísono Nemrod y Holofernes Grangargue.

Luego, todos nos levantamos y nos preparamos para continuar el viaje. Nemrod juzgó que no valía la pena llevarnos aquel tonel casi vacío, pero yo miré y vi que todavía quedaba una tercera parte. Así que el resto del vino desapareció como Caribdis en las enormes tragaderas de los dos gemelos.

Después, aún más abastecido, nuestro grupo se puso en marcha.

6 *Donde, después de haber arriesgado la afiliación a un grupo de leprosos, participo en la gran reunión de la Escaramanta*

Nos marchamos de Tours de madrugada, pero antes François pretendió que fuéramos a misa a la iglesia de San Martín para rendir homenaje a la tumba del santo. Coquillon, gran hipócrita, obedeció sin chistar y en la iglesia se le habría tomado por un pío peregrino si no hubiera sido por las miradas de ave de rapiña que de vez en cuando dirigía a las piedras preciosas engastadas en el sarcófago que contenía las sagradas reliquias. Colin, por el contrario, empezó a decir que él a la iglesia no iba, faltaría más, desde el momento en que se había lanzado a los infiernos igual que todos nosotros, y que él, sobre los clérigos, escupía, que todos eran unos tramposos y unos borrachos como nosotros, pero sin reconocerlo, y eso hablando con respeto.

En realidad me parecía el más honesto; casi no podía llevarle la contraria, y me sorprendió que François respondiera:

—El hecho de que seamos pecadores no nos exime de la misericordia de Dios; al contrario. Y no me digáis que como ya estáis en pecado mortal podéis hacer lo que queráis. Porque, como ha dicho un gran doctor de la Sorbona, cualquier buena obra, incluso la más pequeña, y hasta en medio de una vida totalmente dedicada al mal (siempre que las haya, puesto que hasta Colin es menos malo de lo que nos quiere hacer creer), llena a todos los ángeles del cielo, y quiero creer que también a Dios, de una gran alegría.

Colin gruñó como para indicar que aquel tipo de discursos no le gustaban, y hasta en la cara de Coquillon vi un gesto de fastidio.

Pero yo comprendí que François no mentía y en mi corazón concebí el propósito de hacer una buena acción en cuanto pudiera.

Partimos inmediatamente después de la misa, y en el camino François continuó su discurso moralizante. Dijo que no por casualidad San Martín era uno de nuestros patrones, óptimo jinete y valiente espadachín, pero también capaz de partir por la mitad su capa para vestir a los desnudos. Dijo por fin, y ya terminó, que aquellos que no temen perder su propia alma acaban siempre perdiendo la piel y, en general, colgados de la horca.

Colin hizo un gesto para conjurar a los malos espíritus y no se habló más del asunto.

Seguimos nuestro camino y entre Tours y Chinon encontramos, además de a los hermanos Grangargue, numerosos grupos de vagabundos que se dirigían a la feria de la Escaramanta en representación de todas las corporaciones y órdenes de mendigos y truhanes del reino del Grant Caym.

Vimos también bandas que venían de otras naciones: pícaros españoles e italianos charlatanes de la categoría de los facinerosos (así lo aseguró Coquillon: no sé en qué estaban especializados pero su nombre se me ha grabado en la memoria), y también una banda de aquellos egipcios que el Papa había mandado por todo el mundo a hacer penitencia (y que, sin embargo, ahora leen el futuro en las tabernas, roban y comercian con caballos), y vagabundos germanos de esos que hablan una jerga impenetrable, la *lengua rubra*[6], y llevan las medallitas de sus santuarios clavadas en los sombreros.

A media tarde el sol fue parcialmente tapado por negros nubarrones. En el cielo plomizo, frente a nosotros, algunos cuervos volaban en círculo graznando. Pasada una pequeña colina, vimos que lo hacían alrededor de un grupo de lisiados

---

[6] Lengua roja (en latín).

y leprosos, los cuales, en cuanto nos aproximamos, empezaron a gritar:

—¡Piedad, tened piedad de nosotros! —después se acercaron (algunos tenían recipientes para las limosnas), gimiendo—: ¡Dadnos algo para comer! ¡Comida! Tened piedad de nosotros, duramente castigados por la furia de Dios. ¡Un sueldo, por favor!

Aunque estuvieran afectados por diferentes malformaciones corpóreas, tenían todos idénticas llagas rojas y blancuzcas. Uno de ellos, con las piernas consumidas hasta las rodillas, apoyaba sus dos muñones llagados sobre un carrito que movía empujando unos soportes de madera provistos de una empuñadura que asía con las manos. Otro, jorobado y cojo y con la cara roja por la enfermedad, se aproximó moviéndose como un enorme insecto mientras alargaba la mano en nuestra dirección.

—¡Vete! —dijo Coquillon, amenazándole con su cayado—. ¡No soy precisamente el buen samaritano!

Pero el desgraciado seguía acercándose, gimiendo como un animal herido.

Me acordé de mis buenos propósitos y busqué en mis bolsillos un trozo de pan que me había sobrado de la comida. Estaba a punto de dárselo al leproso: él alargó la mano como para cogerlo, pero me agarró de la muñeca y con un fuerte tirón me metió justo en medio del grupo de sucios pordioseros.

—¡El chico viene con nosotros! ¡Será de los nuestros! —chilló el sinpiernas desde su carrito—. ¡Será de los nuestros!

Apenas tuve tiempo de sentir el terror más terrible que jamás he sentido. En poco menos de un instante, François con su corta espada y los Grangargue con sus largos bastones arbóreos dieron un paso amenazador hacia el leproso deforme que me había atrapado.

Entonces éste, soltándome el brazo, empezó a reírse, y mientras yo huía para refugiarme detrás de François, se desdobló y, poniéndose en pie, resultó ser un joven de gallarda figura.

El leproso del carrito gritó:

—¡Milagro, milagro!

Después, riéndose también él, se puso igualmente en pie y vi que no le faltaba la parte de abajo de las piernas, sino que la tenía doblada hacia atrás y que las llagas de las rodillas eran también falsas.

Lo mismo sucedió con la cara del ex lisiado. Se frotó con un trapo y las llagas se borraron, pues estaban pintadas con una especie de pasta rojiza (hecha con grasa, sangre y otras porquerías, como supe después), y el rostro quedó limpio. Limpio es un decir, ya que el hombre tenía una de las caras con más suciedad incrustada que jamás he visto.

Coquillon (que como ya he indicado era el encargado de reunir a toda la chusma necesaria para nuestra caza del tesoro) había encontrado a otro de sus hombres: Lázaro il Cagou, pordiosero vagabundo afiliado a una supuesta corporación llamada de los «llagados».

No entendía para qué quería enrolarle. Además, la broma que Lázaro me había gastado no me gustó nada. Pero se unió a nosotros. Sus otros compañeros se alejaron por los campos gritando entre sollozos:

—¡Piedad, piedad para nosotros! —y los cuervos les siguieron graznando por aquel cielo de color del plomo.

Con la llegada de Lázaro empezó la fase verdaderamente sombría de mi viaje. Su simple presencia despertaba en mí cierta repugnancia, como si se hubiera quedado impregnado por los ungüentos con que se había pintado las llagas. No me gustaba y siguió sin gustarme aun cuando Coquillon explicó que era un elemento esencial para el éxito de nuestra empresa.

Debía hacer todo el viaje vestido de pordiosero enfermo (pero sin exagerar con los gestos ni con el maquillaje) y preceder a nuestro grupo en una media legua para advertirnos con las convencionales lamentaciones y gritando a toda voz de los encuentros que tendríamos. Después, en la escena final del drama, tendría un papel especial: sería el encargado de detener el séquito de Berardo echándose en medio del camino con su más repugnante truco de llagado, gritando repetidamente: «¡Piedad! ¡Tened piedad de mí!».

—Deberá molestar especialmente a la Barre y al representante del obispo de Santiago de Compostela y enloquecer a los caballos del coche —continuó Coquillon—. La guardia armada de la escolta intervendrá para calmar a los caballos y apalear a Lázaro. Así, estarán distraídos y confusos cuando nos echemos sobre ellos en plena batalla. Y si Holofernes y Nemrod saben usar debidamente las espadas que recogerán en Burdeos (¡también los otros, se entiende, participarán con sus tizonas!), apoderarse del coche será un juego de niños. Y en el carruaje estarán las tres cajas que contienen el tesoro —acabó Coquillon—, sin olvidarnos de la copa que estará en la alforja colgada de la silla de Berart.

—De acuerdo —dijo François, a quien correspondía la aprobación definitiva del plan—, pero Lázaro debe prometernos que reservará su disfraz para la gran final, y hasta entonces nosotros no debemos contemplarlo. En caso contrario seré yo mismo quien le acariciará, antes que los guardias de Berardo, la espalda con el bastón... Y ahora, en marcha, si queremos llegar a Chinon antes de que se haga de noche.

En un viaje con etapas bien calculadas como era el nuestro, las llegadas se producen siempre al anochecer, y la luz de la puesta del sol añade magia a la aparición de la meta.

El antiguo castillo real de Chinon, en cuyo interior se levantaba la imponente masa cilíndrica de un torreón, se recortaba en el cielo todavía azul, rodeado de nubes violáceas.

—En aquel torreón —me explicó François— estuvieron presos los últimos caballeros templarios cuando el ávido Felipe el Hermoso destruyó su venerable orden —después añadió en voz baja—: La copa de Berart pertenecía a los templarios.

—¿Es tan antigua? —pregunté.

—Mucho más antigua —respondió François, y calló enseguida porque se estaba acercando Coquillon.

—Maestro François —preguntó el fiero personaje—, ¿vamos directamente al Pedo del Diablo?

—¡Ay de mí! —respondió François, dirigiéndose más a mí que a Coquillon—. Me temo que no podremos evitar la obligación de participar en la gran reunión. ¡Así que más vale que vayamos ya sin perder tiempo!

La ciudad de Chinon limita al norte con una colina boscosa sobre la cual se levanta el castillo, y al sur con el curso del río Vienne. Atravesamos la población a toda prisa; solamente a Nemrod y Holofernes se les permitió adquirir una botella de vino, pan y queso en la hostería de la Turris Babel (así pudimos leer en el letrero que se movía al viento, chirriando siniestramente, y en el cual habían reproducido el torreón del castillo). Aunque no era noche cerrada, las puertas y ventanas de las casas estaban atrancadas. La ciudad nos hospedaba pero parecía que no quería saber nada de nosotros. Aceleramos el paso hacia el sol poniente, que es como decir en la misma dirección en que el Vienne se une con el Loira.

El lugar elegido para la asamblea de la Escaramanta, repleto ya de una multitud de vagabundos y bribones, era un extenso terreno sin cultivar, a unas cuantas leguas del poblado, circundado por una cerca casi perfecta de encinas seculares. En el centro de aquel enorme descampado había una pequeña colina cubierta de hierba o, mejor dicho, un túmulo, ya que parecía hecho por la mano del hombre, de unas veinte brazas más o menos de altura. Justo en la cima del túmulo descubrí una piedra erecta que me pareció como el huevo de un dragón o de un pájaro gigantesco.

—El Pedo del Diablo —dijo Coquillon, señalándomela—, el sagrado obelisco de las antiguas corporaciones de los caminos.

Entretanto, había anochecido y, mientras los súbditos del Grant Caym afluían siempre más numerosos, se encendieron alrededor del túmulo grandes hogueras, que iluminaron toda la zona como si fuera de día, y cerca de las cuales todos acampamos.

Soplaba un viento de tormenta que hacía bailar y chisporrotear las llamas.

La capa de nubes que teníamos encima se rompió y, como una nave en la tempestad, apareció una media luna casi horizontal y luminosísima.

—Este lugar —dijo Coquillon— ya era el centro de Francia cuando los franceses se llamaban galos y César no los había sometido a Roma todavía. ¡París quizá sea el cerebro de Francia, pero éste es su corazón! Cerca de aquí se unen los ríos Loira y Vienne; prácticamente en ese punto se separan tres corrientes de agua que dividen a Francia en tres regiones.

—Si me permitís añadir un comentario —dijo François—, esto demuestra que Francia es una representación del mundo entero, como testimonian los mejores *mappae mundi.* ¿Sabéis cómo está hecha la Tierra? —preguntó.

Cogió un palo del suelo y dibujó esta imagen:

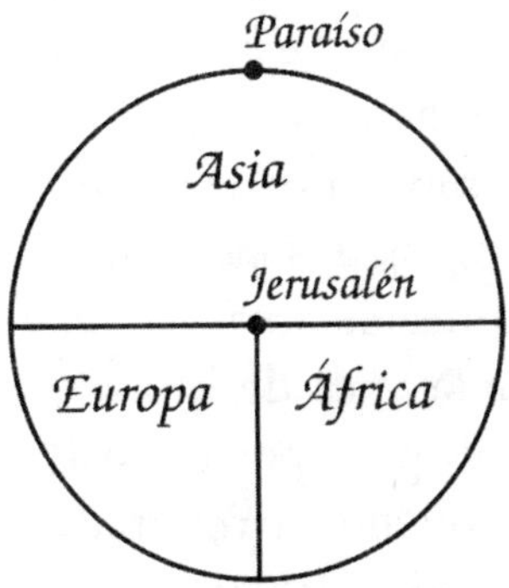

—¿Veis? —dijo—. En lo alto, o sea a levante, está el Paraíso Terrenal; en el centro se encuentra Jerusalén, el ombligo del mundo, de donde salen tres ríos, el Nilo, el Mar Mediterráneo y el Ponto Euxino (por lo menos, eso creo...), los cuales llegan al Mar Océano, que todo lo rodea, dividiendo el disco de la Tierra en sus tres continentes: Asia arriba, Europa abajo a la izquierda y África abajo a la derecha... ¡Igual que las tres regiones de Francia! Y también Babilonia, la

Grande, ¿no fue construida donde confluyen los dos ríos?

—Sabes mucho —intervino Nemrod—, pero ¿me sabes decir dónde se apoya el disco de la Tierra?

—Hay diversas hipótesis a este respecto... —inició François.

—Ya te digo yo —interrumpió Holofernes—: ¡es nuestro tío Atlante quien lo sujeta! —y dando un codazo a su hermano, lanzaron los dos una sonora risotada.

Fue en ese momento cuando todos se levantaron como empujados por un resorte. La multitud de bergantes se abrió como el Mar Rojo al ser tocado por la vara de Moisés, y en medio de las aclamaciones pasó por el pasillo que se había formado un pequeño carro tirado por una jauría de perros que no cesaban de aullar a causa de los latigazos que les propinaba el cochero.

De pie en el carro había un hombre que llevaba un atuendo, casi una pelliza, hecho con hilos de todos los colores. El vehículo se paró justo al pie del túmulo y el hombre bajó. No tuve ninguna duda de que se trataba del Grant Caym.

Entre el clamor que iba creciendo en intensidad, las llamas, los árboles y las nubes cada vez más ligeras por el viento de la tormenta, el rey de los bribones subió cojeando hacia la cima del montículo.

—Dice la tradición que aquel que es elegido Grant Caym —explicó François— debe tener una pierna gangrenada...

—Característica que puede muy bien ser simulada... —añadió Lázaro.

Cuando el rey de los bribones llegó arriba de la colina, se recostó en la piedra y se hizo un silencio absoluto. Incluso el viento y las crepitantes hogueras callaron por un momento. El Grant Caym levantó un brazo y con tono irónicamente solemne pronunció estas palabras:

—¡Siete veces será vengado Caín, y cada cainita setenta y siete! En este lugar donde aún se yergue el altar que el patriarca erigió antes de edificar Enoc, también llamada Caynòn, declaro que este artículo fundamental de la Ley Primordial sigue en vigor el año que ahora comienza. ¡Sea maldecido por el cielo y por el infierno todo aquel que levante la mano sobre un hijo de Caín! ¡Porque siete veces será vengado Caín, y cada cainita setenta y siete!

La multitud respondió con un terrible bramido:

—¡Siete veces será vengado Caín, y cada uno de los cainitas setenta y siete!

Después, el Grant Caym bajó cojeando del túmulo y subió otra vez al carro arrastrado por los perros. El cochero hizo restallar el látigo y los perros, ululando, condujeron el vehículo entre la gente enardecida, que se cerró a su paso como el Mar Rojo sobre los carros del Faraón.

Entonces, François cogió su laúd y comenzó a tocar unas alegres notas. Holofernes y Nemrod distribuyeron el vino y las provisiones con buen humor y la fiesta se inició para durar toda la noche.

7 *Donde François explica una historia instructiva y un caballero de la triste figura incita a los bribones a la Cruzada*

La mañana era fría y yo estaba adormecido como la gata cenicienta junto a las brasas de la hoguera. Colin, que dormía más profundamente que yo, se removía gruñendo de vez en cuando. François, con los brazos rodeando sus rodillas, inmóvil y silencioso, miraba a lo lejos. Lázaro il Cagou y Coquillon jugaban, blasfemando, a los dados. Los Grangargue no paraban de reír y, con aquellos vozarrones que tenían, explicar chistes y gracias, calificándose entre ellos con palabras cariñosas como «cojoncito mío», lo que les daba pie para más bromas.

Me resultaban simpáticos por su irrefrenable vitalidad. Incluso en su lado más sombrío y violento, su naturaleza era alegremente solar, como sus anchos rostros sonrientes y bronceados enmarcados por luminosos cabellos. Los hechos me demostraron más adelante que no me engañaba.

Me di cuenta de que ya me estaba despertando, temblaba y decidí que era mejor despejarme del todo y comer algo.

François me dio un pedazo de pan con un trozo de queso. Yo empecé a mordisquear y pregunté:

—François, ¿quién es el actual Grant Caym?

—Es un secreto, naturalmente, que sólo conocen los venerables y que han jurado solemnemente no revelar... Pero te quiero contar una historia. La del procurador Rebustel de Dijón, al que se la había metido en la cabeza capturar al Grant Caym y revelar el secreto. En su ciudad existía una taberna frecuentada por los *coquillarts*...

Coquillon aguzó los oídos y dirigió sus ojos estrábicos y su nariz ganchuda hacia nosotros.

—¿Te acuerdas, Coquillon? —continuó François—. En el escudo de La Sirena... Bien. Rebustel lo tenía vigilado, esperando el momento oportuno. Decidió empezar por el punto más débil y periférico de la red, un muchacho de catorce años que hacía diversos trabajos para la banda. Arrestado, declaró llamarse Dimanche le Loup e ignorar que los señores a los cuales de vez en cuando afeitaba o para los cuales llevaba recados eran maleantes. Torturado, admitió que uno acuñaba monedas falsas, que otro era un cura que, con una banda de bergantes amigos suyos, asaltaba caravanas de mercaderes por todo el sur; un tercero era un profesional de la ganzúa... Torturado todavía más, Dimanche confesó que todos estaban afiliados a una corporación secreta estructurada por jerarquías y sometida a un rey. Aquello era lo que Rebustel quería oír. Empezó a confiar en poder llegar al Grant Caym en persona. Alternando torturas y promesas de inmunidad, consiguió que Dimanche denunciase a una treintena de *coquillarts*, diese indicaciones preciosas sobre las leyes de la Escaramanta y desvelase también gran parte de la jerga secreta... ¿Tú, Coquillon, no estabas entre aquellos treinta?

—Sí; salvé el cuello con apuros pasando la noche al fresco tumbado sobre el techo, con el peligro de resbalar e irme abajo, mientras los gendarmes de Rebustel registraban la Hostería de la Sirena.

—En resumen —siguió François—, que Dimanche traicionó a cuantos pudo traicionar y se declaró arrepentido. Fue el único que se salvó, aparte de Coquillon y el cura, del que se ocupó un clemente tribunal eclesiástico. Una vez hubo confesado, fue liberado y desapareció en la nada. Los demás dieron unas cuantas semanas de trabajo a los verdugos de Rebustel y de su canciller, que rellenó varios volúmenes de atestados. Pero en la práctica Rebustel no consiguió nada más que un baile de ahorcados. No pudo averiguar casi nada de los niveles superiores de la Escaramanta y su sueño se desvaneció cuando le parecía que estaba a punto de realizarse. Muchos años después, durante otras indagaciones, pudo saber por casualidad que en el tiempo de la investigación de los *coquillarts, le grant Roi de la Crocheterie*[7] no era otro que... Dimanche le Loup.

Mientras tanto, en el horizonte se había levantado un sol muy débil a causa de la espesa bruma. El enorme campamento de los tramposos tomaba nueva vida y los grupos empezaban a moverse y mezclarse en el gran descampado. Holofernes y Nemrod, a los que se había añadido Colin, se marcharon a la ciudad a comprar provisiones (con los dos gigantes en la mesa, los víveres no bastaban nunca). Y mientras Coquillon y Lázaro, que habían pasado de los dados a los naipes, se insultaban acusándose mutuamente de tramposos, François y yo nos fuimos a dar una vuelta para curiosear.

He descrito ya en gran parte la clase de gente que formaba el reino, invisible para los más, de la Escaramanta. Diré ahora que los reunidos en

---

[7] El gran Rey de la Ladronería.

la gran concentración, tras la noche pasada, se comportaban todavía de forma más desordenada y que aquel conjunto se parecía cada vez más al infierno tal como lo representaban los pintores. Por todas partes rostros colorados, barbas hirsutas, sombreros destrozados, bocas desdentadas, entre el humo que salía de las pocas hogueras que aún seguían mandando resplandores en la mañana brumosa.

No veía yo la hora de poder alejarnos de aquel lugar. Del túmulo central, sobre el cual nadie se atrevía a posar los pies, parecían emanar olas de inquietud. Mientras lo observábamos desde una cierta distancia, François me dijo que sin duda se trataba de un antiguo altar de los druidas, o sea los clérigos de los galos.

Más allá de la colina tropezamos con un grupo de ingleses que François conocía. Hablaban francés de manera rebuscada; era un francés ceremonioso con fuerte acento inglés. François los saludó cordialmente y habló, sobre todo, con un hombretón barbudo de ojos azules al que pidió noticias de un cierto Falstaff. El extranjero le respondió que había muerto y que también en Inglaterra el pueblo de los ladrones y vagabundos estaba viviendo una sombría decadencia.

—Los hombres de Robin —los definió François al separarnos. Por un momento creí que hablaba de mí; después me explicó que se trataba de Robin Hood, el más antiguo y famoso bergante de Inglaterra, donde aún era considerado el numen tutelar de todos los embrolladores.

Nuestra atención fue atraída por un rudimentario pabellón erigido con palos y mantas de lana más allá del túmulo gálico, al límite opuesto del campamento con respecto al lugar donde nosotros habíamos acampado. Debajo de la tienda estaban sentadas en taburetes de madera varias mujeres ataviadas con vestidos de colores. Algunas se peinaban mirándose en espejos. Mientras íbamos hacia el pabellón, François me susurró:

—Tampoco faltan aquí las muchachas de la Corporación de Santa María Magdalena, expertas en el arte más antiguo del mundo...

Pregunté a qué arte se refería, pero ya habíamos llegado a la tienda y François no me respondió.

—¡Mira quién aparece por aquí! —exclamó una de las mujeres— ¡Renard Narquois, el gran poeta! ¿O has cambiado otra vez de nombre?

—Siempre he sido François para las amigas —fue la respuesta amable que tuvo el juglar.

—Hace años que nadie tenía noticias tuyas. Te creíamos perdido por las Indias o Catai...

—En efecto, he viajado —respondió François—. ¿Y tú te haces llamar aún Marion la Bella?

—Así me llamo.

Al lado de la tienda estaba plantado el estandarte de la corporación a la cual las mujeres pertenecían, y que tenía una efigie de su patrona María Magdalena cubierta solamente por sus largos cabellos, rubios y ondulados.

—¿Te puedo pedir un favor? —preguntó François a Marion—: ¿Cuando regreses a Parouart [8], podrías ir a ver a la gran Margot?

—Tampoco ella tenía ninguna noticia de ti...

—Ya —respondió François un poco azorado.

—A propósito —dijo Marion, mirándome—, ¿éste no es Robin? ¿Qué hace aquí contigo?

—Eso es. Debes decirle a Margot que no le ha pasado nada malo... Se ha fugado de casa, pero el destino, o mejor la providencia, ha querido que yo le encontrase... Bueno, tú dile que no se preocupe, que está bien y que ya le dará noticias. Dile que está conmigo.

—Pues no sé si quedará muy contenta con la noticia...

—Tú, díselo.

—De acuerdo, François. Buena suerte a los dos —después me sonrió y acarició mis cabellos maternalmente, y su caricia fue para mí como un rayo de sol en aquella mañana brumosa.

Mientras volvíamos junto a Coquillon, Fran-

---

[8] París.

çois me dijo que la imagen que había visto en aquel estandarte se puede admirar también en un vitral de Notre-Dame.

—Ha sido la Corporación de María Magdalena la que ha regalado esa vidriera a la catedral —añadió.

Estaba sorprendido de que una congregación religiosa participase en aquel carnaval de facinerosos. Pero un hecho inesperado me privó de hacer más preguntas sobre aquel asunto.

Cuando pasamos cerca del altar de los druidas, apareció el buen Hugo de Monthaut, un personaje de gran relevancia en nuestra aventura.

Llegó cabalgando un caballo famélico, cubierto con una gualdrapa que en un tiempo debió de ser de brocado, pero ahora estaba llena de agujeros y deshilachada. Sobre una malla de hierro algo herrumbrosa, vestía una túnica blanca también bastante estropeada por el tiempo pero inmaculada, blanqueada por las lluvias y el sol, en la cual aún se veía, descolorida, una cruz roja. A la silla del caballo llevaba colgado su escudo, en el que figuraba un cuarto de luna horizontal y encima un busto de la Virgen María rodeado de rayos dorados. Entre una larga barba blanca y un sencillo yelmo de cúpula sarracena, sin cimera, que lucía todas las marcas de los muchos golpes recibidos, sobresalía una nariz grande pero noble y brillaban dos ojos de mirada intensa.

Era viejo, pero me sería imposible precisar su edad. ¿En cuántas cruzadas habría combatido?

Cuando llegó a pocos pasos de nosotros, desmontó pesadamente, colgó la espada en la silla y empezó a subir despacio por el túmulo cubierto de hierba. Durante un largo rato nadie le hizo caso, pero cuando Hugo llegó a la cima y se irguió en toda su estatura, los largos brazos levantados hacia el cielo casi como la aparición de un antiguo druida, lo descubrieron todos los presentes y guardaron un completo silencio.

—¡Dejad Ur de los Caldeos! ¡Salid de Egipto! —rugió el viejo caballero con insospechada fuerza en su voz—. ¡Abandonad los pecados y la idolatría!

Dicho esto, empujó con un pie la piedra que coronaba el antiguo altar y la hizo caer hasta la parte baja del túmulo...

De la turba de bribones se elevó un feroz murmullo de protesta.

Se oyó claramente el grito de «¡Sacrilegio!» repetido muchas veces.

Pero Hugo, impertérrito, continuó:

—La primera cruzada fue una cruzada de perdularios... Y os digo que también la última y definitiva lo será. ¡Dejad Egipto y marchad hacia Tierra Santa! ¡Vosotros la liberaréis!

Después bajó del túmulo con largos y viriles pasos, dispuesto a ponerse al frente del ejército de bribones. Éstos, sin embargo, poco convencidos de la noble meta que el buen caballero les había adjudicado, en lugar de acogerle como a un caudillo se le echaron encima, enfurecidos. El bueno de Hugo recibió una gran paliza a bastonazos mientras François y yo nos abríamos camino entre la multitud para llegar hasta él y arrancarlo de la furia de sus perseguidores.

No habríamos logrado liberarle si justo entonces no hubieran llegado los hermanos Grangargue, que dándose cuenta de que se celebraba una gran pelea no resistieron la tentación de meterse en ella a su manera, o sea haciendo girar sus largos bastones nudosos, que se transformaban así en mortíferas ruedas segadoras.

A la vista de los golpes de los dos terribles ángeles vengadores, los agresores de Hugo dejaron el campo libre y pudimos llevárnoslo con nosotros maltrecho y ensangrentado.

Yo cogí por la brida a su caballo, que me siguió dócilmente. Me imaginé que era su escudero y que había recibido la investidura de caballero, y que había conquistado una bellísima esposa, coronando así mis muchas y valerosas y admirables aventuras.

Pronto tuve que interrumpir mis fantasías. Cuando llegamos a nuestro lugar de acampada, la masa enfurecida de bellacos ya se había reorganizado y estaba dispuesta a lanzarse sobre nosotros, por lo que François dio la orden de partir inmediatamente si no queríamos que aquella fuera la última mañana de nuestra vida.

8 *Donde, después de una marcha forzada bajo la lluvia, Colin, llamado el Jabalí, se enfrenta con el jabalí que le obsesiona*

ERA una de las mañanas más grises y desoladas que jamás había visto. El frío de la noche aún no había desaparecido de mis huesos y ya empezaba a caer una lluvia espesa e insistente que empapaba nuestra ropa.

Huíamos y huíamos, mientras el terreno se volvía fangoso y las cataratas del cielo seguían sin cerrarse. Regueros de agua mezclada con sangre corrían por el rostro contusionado de Hugo. Agua destilaban los largos cabellos de Colin, y los rizos de las pellizas, y las melenas de los gemelos gigantes. Cascadas bajaban por las alas de los sombreros de François y Coquillon. Lázaro il Cagou se lavaba la cara por una vez en su vida.

—Me gustaría saber —le dijo Coquillon a François— qué es lo que ha pasado por tu cabeza...

François le hizo callar con una mirada elocuente y autoritaria. Coquillon respondió con una cómica mueca de contrariedad. Las miradas de los Grangargue, bajo sus cejas rizadas, eran burlonas. Me entraron ganas de reír.

Acabé cargándomela con un buen pescozón de Coquillon. François añadió esta vez a su mirada de autoridad unas elocuentes palabras:

—¡No te atrevas nunca más a levantar la mano sobre el muchacho!

Marchamos cerca de media hora, bajo aquella lluvia torrencial que a veces parecía agua nieve (¡François ya había previsto que nevaría!), por un terreno accidentado y resbaladizo con pocos árboles y matorrales.

Después de atravesar el río Vienne (Holofernes cargándome sobre su espalda, Hugo dignamente a la grupa de su caballo y los otros a nado), y tras muchas horas de marcha forzada bajo la lluvia en medio de un bosque siniestro, llegamos finalmente a divisar un edificio.

Era el más humilde que se pueda imaginar, pero a nosotros nos pareció un palacio, y aún más porque todo daba a entender que estaba deshabitado. Una gran cabaña semiesférica construida con ramas entrelazadas una encima de otra, bien aseguradas y cubiertas por una capa de arcilla cocida por el sol para tapar las pocas fisuras que el hábil constructor podía haber dejado.

Alrededor de ella, todos los signos de la actividad de un carbonero: un enorme montón de ramas y trozos de leña, un hoyo en medio del suelo negro y quemado, y por todas partes polvo y pedazos de carbón.

Nos instalamos en la cabaña. Coquillon sacó de su zurrón una cajita de la que extrajo un eslabón de chispa que, al igual que la yesca, se había mantenido perfectamente seco. La cabaña tenía en lo alto un amplio agujero bajo el cual y rodeado por piedras había un gran fogón. Con la leña perfectamente seca que había dentro pudimos encender un buen fuego.

Estaba realmente cansado, desanimado y temeroso del futuro. Pero aquel fuego, caliente y vigoroso, luminoso y bello, me trajo de nuevo un poco de esperanza.

Pronto la cabaña alcanzó una agradable y tibia temperatura en medio del olor de la leña. Todos, excepto Hugo, nos quitamos las ropas mojadas, que colgamos como pudimos en las ramas que sobresalían de las paredes de la cabaña. No era yo el único que estaba deshecho.

Colin temblaba por el frío y parecía tener fiebre. Coquillon era presa de un ataque de tos. Holofernes y Nemrod estornudaban al unísono con el fragor de un trueno, y Lázaro, por una vez, emitía lamentos y gemidos verdaderos.

François sacudió el agua que había entrado en su laúd. Miró con pena su instrumento, lo secó con cariño y punteó las cuerdas, que emitieron un sonido desentonado y estridente. Giró las clavijas y consiguió más o menos afinarlo. Después empezó a tocar, modulando un cómico acompañamiento de sonidos alegremente desafinados. Improvisó esta balada:

Somos sólo vagabundos
inmundos, dolientes y tremebundos,
casi, casi, casi moribundos...
¡Pero ya vendrá una nueva Luna!
¡Gira siempre la rueda de la fortuna!

La estrofa quizá no era una obra maestra de la poesía, pero François supo cantarla con tanta gracia que arrancó una sonrisa de casi todos nosotros. Solamente Hugo y Coquillon se mantuvieron serios. Hugo siguió tan impasible como había estado durante todo el tiempo de nuestra fuga; creo que no quiso interrumpir su incesante oración interior.

En la mirada glacial de Coquillon noté una sombra de ira hacia François, el cual no había dejado de puntear las cuerdas, y en seguida empezó a cantar de nuevo:

Estamos hambrientos y remojados,
apaleados y desollados,

(Aquí François sonrió respetuosamente a Hugo.)

Pero vive Dios, para nada derrotados.
que sabemos bien cómo cambia la luna:
¡y sobre todo doña Fortuna!

Goteamos doloridos, renqueantes,
y el pobre caballo rocinante,

(Aquí Hugo, que seguramente pensaba que reír era de tontos y por eso no reía nunca, cambió casi imperceptiblemente su expresión y sonrió.)

y también se nos ve repugnantes...
¿No éramos los favoritos de la luna?
¡Ojo, pues, a la rueda de doña Fortuna!

Después comimos las pocas provisiones que habíamos podido salvar en nuestra precipitada fuga: algún trozo de queso y pedazos de pan mojado. Y nos preparamos para pasar la noche. La alegría que nos había provocado el canto de François se marchó pronto y volvió, en cambio, el demonio del hambre que nuestra mísera cena no había logrado aplacar.

La noche acababa de empezar y doña Fortuna hizo girar un poco su rueda.

No dormíamos, pero procurábamos reposar todos más o menos tumbados por el suelo, menos Hugo, que prefirió permanecer sentado. Colin tenía una fiebre de caballo y estaba delirando.

—El jabalí negro... —balbuceaba—. Me llama..., me quiere atrapar... ¡Demonio de los grandes colmillos, aquí estoy! —gritó, y empapado de sudor, con una expresión feroz en la cara, intentó levantarse, pero Coquillon le obligó a mantenerse tumbado.

—Está obcecado —afirmó—. Sueña siempre con un jabalí negro... Por eso le llaman le Sanglier. El jabalí que le obsesiona, según mi parecer, es la alegoría de su naturaleza más profunda y de su destino... A menos que no se trate de Satanás en persona.

Se me pusieron los pelos de punta, pues parecía ciertamente que Colin, cada vez más agitado y sujetado a la fuerza por Coquillon, estaba esperando que llegara el demonio. Y entonces, al otro lado de la pared de ramas, se oyó (como si estuviera en medio a nosotros) un gruñido feroz.

Colin, con un fuerte empujón, se liberó y salió empuñando su gran cuchillo. Parecía en verdad un jabalí salvaje de cara porcina y feroz, y así se enfrentó a su animal emblemático. Había dejado de llover y el viento había limpiado amplios espacios en el cielo. A la luz de la luna vimos a Colin y a un enorme jabalí negro lanzarse el uno contra el otro. Colin cayó bajo el peso del animal y yo me temí lo peor, pero un instante después se había subido a su grupa y estaba a punto de clavarle el cuchillo. Antes de lograrlo, fue de nuevo derribado con fuerza al suelo. Durante algunos instantes interminables siguió la lucha y vimos a los dos rodar por el barro, abrazados y gruñendo. Finalmente oímos un gran grito de victoria.

Colin entró otra vez en la cabaña, con los ojos desencajados y espuma en la boca, arrastrando el jabalí por sus patas traseras. Iba sucio a causa del polvo de carbón por el que se había revolcado, y en su hombro destacaba una profunda herida sangrante hecha por uno de los colmillos del animal.

Mientras Coquillon atendía a Colin, que parecía haberse recobrado (le cosió la herida con aguja e hilo que sacó de su zurrón), los Grangargue se ocuparon del enorme animal que habíamos obtenido de manera tan peculiar. En menos de media hora la enorme fiera fue desollada, ensartada en un espetón rudimentario y puesta a asar sobre las llamas. Aunque no fue una cena alegre, sí resultó sustanciosa, y la verdad es que teníamos verdadera necesidad de ella.

Desde aquel día Colin lució *dos* colmillos de jabalí colgados de su cuello.

9 *Donde veo por primera vez el mar. Y entra en escena el sombrío Giùbal Tubalcain*

¡LA cruzada de los bribones! Eso es lo que nosotros éramos.

La decisión fue tomada oficialmente en el consejo que celebramos la mañana siguiente al desconcertante episodio que acabo de narrar.

Hugo, que mientras todos nos atiborrábamos de puerco salvaje seguía prácticamente ayunando, una hora antes del amanecer se alejó en silencio de la cabaña para ir a arrodillarse junto a una pequeña loma que había a corta distancia, y donde estuvo orando cerca de una hora.

Coquillon aprovechó la ocasión para desahogar su resentimiento contra François:

—Desde luego, eres el jefe. De acuerdo, pero ¡lo que has hecho es demasiado! No somos una hermandad de benefactores, sino una banda de ladrones... ¡No sé yo dónde te habrás escondido durante todo este tiempo, pero seguramente has frecuentado una sociedad de beatas! ¡Y pensar que eres un venerable de la Escaramanta! *¡Maître en ioncherie, prince des gayeulx!*[9] Este caballero

[9] Maestro en robos, príncipe de los truhanes.

loco es peor que llevar cadenas en los pies. ¿Por qué te lo has traído? Eso sin contar que si la noticia del sacrilegio, allá en el Pedo del Diablo, llega a oídos del Grant Caym, pasaremos apuros. Y si se entera también de que estos dos gordinflones apalearon a los buenos compañeros de la convención...

—Ahora eres tú el que se porta como una beata —respondió, severo e irónico, François—. Oídle: el sacrilegio..., los buenos compañeros... ¡Sólo falta que te pongas a llorar!

Coquillon, enojado, estaba a punto de contestar, pero François no le dio tiempo:

—En cuanto al Grant Caym, se habrá reído a carcajadas si le han contado la gesta de Hugo, de Holofernes y Nemrod. Es un canalla (yo no le voté cuando le eligieron), pero tiene un cierto sentido del humor. Cosa que a ti te falta al igual que la clarividencia. Y llegamos al asunto de Hugo, que tanto te molesta. Debo reconocer que has tenido buen olfato al reunir a la banda. Y hasta sus papeles están bien distribuidos. Pero debes dejarme hacer una pequeña crítica: pretender que pasemos inadvertidos sólo porque el Cagou nos preceda y nos avise, es de ingenuos. Quien ve a Lázaro, nota en seguida qué clase de sujeto es... y espera que salgan de detrás de las matas siete u ocho tipejos como él. Piénsalo bien y verás que Lázaro acabaría por echarnos encima a una patrulla de gendarmes. En cambio, mira a Hugo. Es un hombre santo que guía a una pandilla de ladrones, lo que significa que no son bergantes sino penitentes. Nadie nos querrá como huéspedes, pero todos nos dejarán pasar. Hugo nos facilita la entrada en cualquier sitio. Sin embargo, sí hay un pequeño problema que pienso que se podrá resolver...

Trazó en la tierra batida, con la punta del cuchillo, el dibujo que ya había hecho la noche anterior en Chinon.

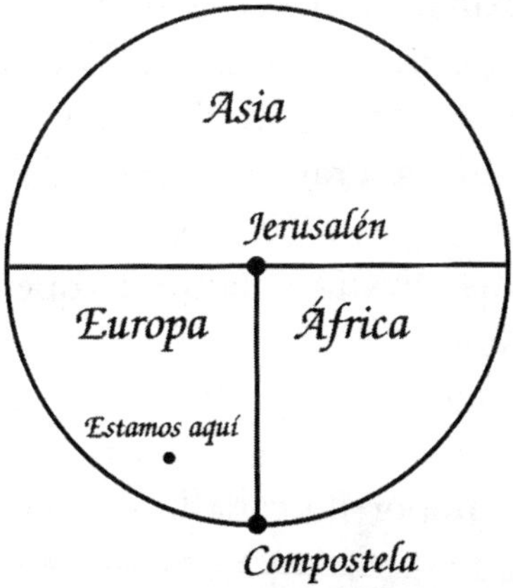

—Mirad, Jerusalén, con respecto a nuestra posición, está en la parte opuesta a Santiago de Compostela. Será necesario convencer a Hugo de que antes de partir para la verdadera cruzada debemos recorrer toda la Tierra, llegar a Finisterre (que en realidad está muy cerca de Compostela) y predicar a todos los cristianos. Y eso es lo que haremos nosotros, tomando, tal como tenemos previsto, el camino de Santiago. Si hasta ahora hemos sido peregrinos sospechosos, en compañía de nuestro austero amigo lo seremos un poco menos. Siempre que alguien —y amenazó con la mirada a Lázaro y Colin— no cometa alguna tontería...

Cuando se hizo de día, Hugo de Monthaut volvió a la cabaña. François le hizo su proposición y él, sin sospechar pero haciendo uso de toda la cautela que la importante decisión requería, preguntó mirando a François profundamente a los ojos:

—¿Me dais vuestra palabra de que ésta es una cruzada?

François aguantó su mirada y respondió con firmeza:

—Por mi honor de caballero, ésta es una cruzada.

¿Mentía?

Nuestro viaje continuó siguiendo el más occidental de los cuatro caminos que llevan a Compostela y que, como los surcos de la concha de Santiago, se reúnen en Navarra.

Por la noche pernoctamos en Poitiers, en el Hospital de los Peregrinos, y tras otros tres días de viaje llegamos a la orilla del mar.

Un penetrante perfume salobre y aromático nos llenó los pulmones. No estábamos lejos de Burdeos y la idea de pasar la noche en la ciudad nos alegró. Sólo Hugo dijo que no pondría «los pies en Sodoma» y que nos esperaría al día siguiente en el camino al sur de la ciudad.

Jamás había visto un puerto de mar, y Burdeos superó todas mis expectativas. Por el Océano y a través de la desembocadura del río Garona, llegaban hasta la ciudad las grandes naves oceánicas, naves venecianas y noruegas, árabes y portuguesas, con sus cargamentos de maderas preciosas y pieles, oro y gemas, especias y tejidos...

En los muelles, un hormiguero de gentes vendía y compraba, cargaba y descargaba, voceaba y se agitaba. El aire fresco de la tarde estaba saturado del perfume del Océano, de los gritos rítmicos de los descargadores, de las rituales disputas entre los mercaderes, de los diversos idiomas que sonaban como el chapoteo del agua o como el aullido del viento marino.

Por las callejuelas pululaban jugadores de azar con cubiletes y dados sobre pequeñas mesas, escribanos con papel, plumas y botellitas de tinta, mendigos, grupos de niños harapientos pero felices, guardias y marineros, vendedores ambulantes... Vi también grandes máquinas con poleas que se utilizaban para las operaciones de carga y descarga. De una nave se descargó un camello (era la primera vez que veía un animal como aquel) que, ya en el muelle, huyó de sus cargadores, provocando las risas de la gente allí reunida.

Después de haber visitado los muelles, nos metimos en una calleja pestilente que iba hacia el centro del barrio del puerto. El ambiente era ahora más sosegado y menos alegre; ya había caído la noche. Habían encendido antorchas al lado de las puertas entreabiertas, de las que salían risas de mujeres y delante de las cuales se reunían con gestos aburridos jovenzuelos de aspecto violento y turbio. A los olores del mar y las especias, el alquitrán y los aceites fritos, que tanto me habían gustado en el puerto, se añadió ahora un tufo de letrinas e inmundicias.

—Ya estamos —dijo François—. En seguida llegaremos a la taberna donde nos hemos citado con Giùbal Tubalcain.

Y en efecto, después de pocos pasos llegamos a una puerta encima de la cual había un escudo en el que se leía «El gran pez» y en el que estaba esculpida, y después pintada de azul, la imagen de un pez de cuya boca salía un hombre (si tragado o vomitado como el profeta Jonás, no lo sé). Cuando entramos, noté que de la puerta colgaba sobre nuestras cabezas una fila de objetos que François me aseguró eran dientes de ballena. En la penumbra del pequeño pasillo, resaltaba luminoso el comienzo de una escalera.

Bajamos por ella y nos encontramos en una espaciosa cantina amueblada con viejas mesas y taburetes y llena de marineros, soldados y gentuza de lo más variopinta. Pasando entre ellos, vi caras patibularias y oí blasfemias que no había visto ni oído jamás, ni siquiera en la gran reunión. De la puerta de una cocina salían vaharadas de un hediondo olor a frituras que, acompañadas de un irritante humo, apestaban todo el local. Un sucio mesonero y una todavía más sucia mesonera se movían entre las mesas llevando escudillas llenas de pescado frito y jarras de vino y de aguardiente, de las cuales pedían en seguida y rudamente que les pagaran su importe.

Coquillon se acercó al mesonero, quien lo reconoció en seguida y, después de habernos mirado a todos, nos hizo señal de que le siguiéramos. Casi calvo, con escasísimos cabellos largos y greñudos, tenía fisonomía de monstruo marino y llevaba un blusón embadurnado de grasa con hedor a pescado. Entró en un oscuro corredor al que daban diferentes habitaciones. Abrió una puerta y, después de hacernos entrar, la cerró a nuestras espaldas.

A la débil luz de una lámpara de aceite vi a un hombretón peludo y con el torso desnudo que, sentado a una mesa, comía, cogiéndolos por la cola, los pescados fritos de una enorme escudilla y trasegaba el contenido de una garrafa.

—Ya empezaba a pensar que no llegabais —dijo haciendo una brusca señal de saludo. Tenía enormes bigotes negros, sin barba, cabellos cortos e hirsutos como las cerdas de un cepillo, pendientes de oro en ambos lóbulos, un cuello de toro, brazos musculosos tatuados como los de Colin y ojos feroces debajo de unas tupidas cejas.

—¡Salud, Giùbal! —exclamó Coquillon con una sonrisa forzada—. Perdónanos el retraso..., hemos tenido un contratiempo.

—Sí —añadió François—; primero un torneo de padre y muy señor mío en el que los dos Grangargue ayudaron de lo lindo, después Colin se lió con un jabalí...

—Hablemos de trabajo —dijo Giùbal Tubalcain pasándole la jarra.

François bebió un sorbo:

—Hablemos, pues —respondió—. ¿Sabías que oficialmente somos una cruzada y que nos acompaña un auténtico caballero que para nosotros será mejor que un salvoconducto? Ésta es la única variación que hay en el plan que tú ya conoces. ¿Tienes las armas y los caballos?

—¿Y está contigo el rey David? —intervino

Coquillon—. Sabes que es cosa tuya reventar las cajas de Berart; son demasiado pesadas para llevárnoslas... y, además, será mejor poder repartir el botín cuanto antes.

Giùbal se levantó, se puso la chaqueta y la abrió, dejando al descubierto, en los numerosísimos bolsillos interiores, un gran muestrario de herramientas, de entre las que sacó una ganzúa.

—*Ecce clavis David et sceptrum Israel...* —salmodió como si estuviera cantando una misa y mostrara un objeto sagrado—. Ésta es la llave de David y el cetro de Israel: cuando abre nadie lo cierra y cuando cierra nadie lo abre... ¿Una cruzada? Me gusta la idea. ¡Daremos lo que se merece al infiel Berart de la Barre! Os he buscado para este negocio hojas de gran belleza y de estupendo acero —continuó con tono burlesco— forjadas con manos de hada, templadas con la sangre y la hiel de las serpientes, enfriadas con el rocío de una noche de luna llena y expuestas al rayo del que han asimilado su poder... Son espadas sabias y feroces.

—Olvida las figuras retóricas —sugirió François— y hablemos, como querías, de trabajo. De cabalgaduras, ¿cómo andamos?

—He comprado dos mulos, en los que ya he cargado las armas, y dos caballos. Podremos montarlos por turnos, salvo Nemrod. Para él buscaba un elefante, pero no había ninguno en el mercado —se rió, mostrando unos dientes largos y blanquísimos de una manera siniestra que me hizo temblar. En ciertas cosas me recordaba a los Grangargue, pero era como su contrapunto sombrío. La llama de la lámpara de aceite iluminaba grotescamente su cara, revelando una naturaleza realmente cainita, de hombre del hierro y del fuego.

Me mandaron que fuera a pedirle al posadero pescado frito para todos. Comimos deprisa y en silencio.

La habitación era pequeña y estaba llena de gente. Me sentía inquieto y empezaba a faltarme el aire. Fue un alivio cuando Giùbal nos hizo salir al corredor y nos condujo por la parte opuesta respecto a por donde habíamos venido, hasta llegar a un gran establo al aire libre donde encontramos los mulos y caballos ya preparados. Una pequeña rampa de piedra llevaba al nivel de la calle.

Cogimos nuestras cabalgaduras (me permitieron montar en un mulo) y salimos al aire fresco de una noche espléndidamente estrellada. Respiré a pleno pulmón. Luego levanté los ojos al cielo y vi la Vía Láctea que nos indicaba el camino.

10 *Donde llegamos a Roncesvalles y nos es mostrada una mortífera máquina lanzallamas*

RECUPERAMOS a Hugo algunas leguas al sur de Burdeos, y reemprendimos nuestro viaje, que continuó durante tres días a través de una estepa silvestre, con vastos terrenos pantanosos y pocos y miserables pueblos, algunos de ellos ennoblecidos por la presencia de una iglesia con una venerable reliquia y un codicioso clérigo.

La tarde del segundo día empezamos a ver las montañas tras las que están los países de Navarra, de Aragón y de Castilla.

Ninguna riña que señalar, salvo la del tercer día con los bateleros que hacen el servicio de transporte a través del impetuoso río que baja hasta el valle un poco después de Sorde.

¡Pretendían cobrarnos un escudo por persona y cuatro por cada caballo! Y es que no habían visto aún a Holofernes y Nemrod, que se habían quedado algo retrasados.

—¡Piojos, sanguijuelas de los peregrinos!

—bramó Coquillon—. ¡Que Santiago os maldiga!

—Me atrevería a decir —añadió François sonriendo— que la venganza de Santiago es inminente y está a punto de caer sobre vosotros.

En efecto, en seguida llegaron los Grangargue. Semejantes a desmesurados santos viandantes del tipo de San Cristóbal y llenos de su jovial furor, debieron de parecerles celestes apaleadores a los antipáticos barqueros, que prefirieron echarse al agua antes que afrontarlos.

Subimos todos, hombres y cuadrúpedos, a la barca, y Nemrod, vadeando, nos llevó hasta la otra orilla. Allí, Holofernes talló dos gruesas cañas con el cuchillo hasta convertirlas en dos arpones. Después los dos hermanos, entre gritos y zambullidas, pescaron una decena de salmones y, tras asarlos con hierbas aromáticas, nos invitaron a comer con exquisita cortesía.

Después de una larga subida por colinas que pronto se convirtieron en montañas cada vez más inaccesibles y escarpadas, al quinto día entramos en Navarra y, finalmente, llegamos a Roncesvalles.

Es obligatorio para el peregrino, en cuanto se llega a este lugar, visitar la llanura donde el buen Roldán fue atacado por los moros y muerto en la batalla: un prado entre dos rocosas y yermas montañas sembrado de grandes piedras claras, como ovejas. (Nubes blancas como rebaños de ovejas había también en el cielo, que el viento empujaba hacia el sol poniente.)

Una iglesia se levantaba en medio de la llanura. Hugo espoleó su caballo y, precediendo al grupo, llegó al edificio, se apeó, se arrodilló y besó el umbral.

—Un buen sitio para una emboscada —dijo Giùbal mirando a su alrededor una vez que Hugo se hubo alejado—. Si fue fatal para el valiente Roldán, no tendrá más suerte Berart de la Barre. Quizá no debemos acabar con él en el mismo lugar en el que murió el famoso paladín —continuó, señalando la iglesia—, pero un par de leguas más abajo encontraremos sitios también aptos para emboscadas. Propongo acampar en el monte, detrás de una roca, y esperar a Berardo, que no tardará mucho en llegar —y esto lo dijo mostrando sus blanquísimos dientes en una cruel sonrisa.

—Buena idea —dijo Coquillon—. Engañaremos la espera entrenándonos con la espada.

—A propósito —prosiguió Giùbal—, aún no os he enseñado una curiosa pero mortífera máquina de guerra de la que disponemos.

Habíamos llegado ya a la iglesia, de la que salió, acompañando a Hugo, un curita saltarín que hablando un pésimo francés mezclado con latín nos invitó a entrar.

En la penumbra perfumada de cera y de incienso, nos mostró el cuerno Olifante, que había pertenecido a Roldán, y algunos fragmentos oxidados de la espada Durindana, rota por el caballero de Carlomagno antes de rendir su alma a Dios. Hugo besó devotamente las reliquias. Vi que Giùbal, sin embargo, miraba muy interesado los fragmentos oxidados (que como nos explicó después, incorporados al hierro de una espada le habrían inculcado su propia *virtus*, convirtiéndola en mortífera). Finalmente el cura nos impartió una solemne bendición y, como era de esperar, pidió una limosna.

El Cagou sacó un sueldo atado a un finísimo cordel que ya tenía preparado para estas ocasiones, lo echó en la cajita que sostenía el cura haciéndolo repicar y, ligero como el rayo, dio un tirón del cordel y lo devolvió silenciosamente a su mano, justo cuando algunas pequeñas monedas que Coquillon y François le dieron al clérigo le distraían con su tintineo.

Como había sugerido Giùbal, buscamos un lugar escondido para acampar a un par de leguas de distancia. Nos pareció adecuada una enorme roca con vaga forma de elefante, casi una fortaleza natural, que sobresalía del camino y del cual estaba separada por una fuerte pendiente.

Allí detrás establecimos el campo, en un pequeño prado rodeado de rocas, al pie de un bosque de retorcidos pinos.

Desenrollamos unos paños en que estaban envueltas las espadas. Entre ellas había dos enormes mandobles a dos manos, seguramente destinados a los gemelos Grangargue.

Después Giùbal nos enseñó la terrible máquina de guerra a la que había aludido antes: era un grueso tubo de hierro forjado en forma de dragón con la boca abierta perfectamente circular.

—Es una espingarda portátil —explicó—. Escupe las llamas del infierno.

—Ya lo veréis —dijo Coquillon—, conozco bien estos trastos... Los he usado en tiempos de guerra, pero no los había visto nunca tan pequeños.

Giùbal, entretanto, con tétrica alegría echaba los polvos de una especie de frasquito en la boca de aquella serpiente de hierro.

—Es un polvo mágico —explicó—, un preparado de alquimia capaz de generar un fuego destructivo y de lanzar proyectiles a la velocidad del rayo —metió en la boca del dragón una esferita de hierro envuelta en un poco de estopa y, en un agujero vecino a la cola, echó un poco más de polvos después de haber apoyado la espingarda en una horquilla que tocaba al suelo, y encendió fuego con un eslabón de chispa que le dio Coquillon.

En el mismo instante en que se cumplía esta acción, se oyó un ruido ensordecedor como de trueno, lenguas de fuego salieron de la boca de la serpiente de hierro, algo silbó y con un rumor seco resquebrajó ligeramente una de las piedras que nos rodeaban.

—¡Peste negra! —farfulló Colin.

—Cojoncito mío —dijo Holofernes a Giùbal sacudiendo la cabeza—, ¿tanto ruido para tirar una canica? También yo he hecho la guerra con los ingleses, y puedo asegurarte que sus arcos eran más peligrosos y fáciles de cargar que estas maquinitas que, según pienso yo, no tienen ningún futuro.

—No son armas de caballeros —sentenció Hugo citando en seguida y en latín una bula papal que prohibía culebrinas y bombardas.

—Son los caballeros los que no tienen futuro —replicó, maligno, Giùbal.

El sol se desvaneció en el ocaso y se levantó en el cielo una enorme y clarísima luna llena. Hugo se alejó para rezar sus plegarias y la conversación recayó sobre la verdadera razón de nuestra aventura.

Una pregunta estaba en la boca de todos. ¿Cuándo llegaría el convoy de Berardo? ¿Cuándo debíamos empezar la batalla?

François aseguró que Berart había dejado París el Primero de Mayo, o sea el mismo día en que nosotros abandonamos Chinon. Por eso podíamos calcular que llevábamos tres o cuatro días de adelanto. Pero según François no podíamos limitarnos a esperarle allí. Él mismo, dentro de un par de días, saldría a su encuentro a caballo para asegurarse de lo lejos que estaba de Roncesvalles, y luego volvería para advertirnos de su llegada con el fin de que no nos sorprendiera inesperadamente.

La luna se escondió y la noche se volvió más negra. Con la noticia de la inminente partida de François, me entró un gran temor. Mi único amigo se marchaba. Quedaba al cuidado de Coquillon y Colin (cada vez más resentidos con él y conmigo), del horrible Lázaro y del terrible Giùbal.

Quedaban los Grangargue, es cierto, y también Hugo, pero presentía que, con la partida de François, se desencadenarían las fuerzas del mal en el pequeño universo de nuestra banda.

En los dos días siguientes François estuvo siempre a mi lado y me aseguró su afecto hacia mí y sus rectas intenciones (si bien yo continuaba sin entender el motivo de aquella loca empresa, que por otra parte estaba seguro de que él no había dejado nunca de dirigir).

Cuando le hablé de la angustia que me agobiaba por su marcha, me contestó:

—Robin, querido, volveré pronto, te lo prometo —y añadió con una sonrisa de complicidad—: Antes de lo previsto.

Cuando a la mañana siguiente ya hubo partido, Holofernes y Nemrod intentaron con sus palabras y bromas hacerme sentir a gusto; por el contrario, Coquillon y Giùbal empezaron a darme órdenes con desprecio, dándome a entender que ahora era yo quien debía obedecer. Yo, asustado, hice de todo para no irritarles.

Fui feliz cuando Holofernes y Nemrod afirmaron que estaban cansados de beber agua del arroyo, los otros les dejaron ir al pueblo próximo para adquirir algunas botellas de vino y ellos me llevaron consigo.

Por la noche encendimos un fuego pequeño para no atraer compañías no deseadas, y todo el grupo nos dedicamos a hablar de nuestras cosas y a beber. Hugo soportó durante un rato los discursos vulgares y las borracheras; después, como de costumbre, se levantó y se alejó a una cierta distancia para empezar sus rezos. Holofernes y Nemrod empinaron demasiado el codo y pronto se durmieron con su barrigón al aire.

No quería quedarme a solas con los cuatro sujetos que, ahora lo veía claro, constituían la mitad mala de nuestra banda. Por suerte, después de rezar una plegaria, a pesar de tener el ánimo encogido, logré refugiarme en el sueño. Confieso que había bebido un poco de vino para darme fuerzas, y en seguida caí en una agitada pesadilla. Estaba en la taberna de mi madre en París, escondido en la oscuridad, espiando a Coquillon y Colin, sentados en una mesa como la primera vez que los había visto. Ahora estaban con ellos Lázaro il Cagou y Giùbal. Los cuatro movían los labios, pero yo no lograba oír sus palabras. Sabía sólo que tenían horribles propósitos y aquello me llenaba de terror...

11 *Donde toman cuerpo todos mis miedos y después gira la rueda de la fortuna*

DESPUÉS soñé que estaba durmiendo justo donde dormía. En el sueño, y también algo en la realidad, me desperté.

Me encontré así aprisionado en un extraño estado de duermevela: si bien es verdad que tenía en cierta medida las facultades sensitivas de la vista y del oído, estaba totalmente paralizado y no podía moverme. Sabía perfectamente que sólo lograría hacerlo cuando estuviera totalmente despierto.

Porque yo dormía, dormía con los ojos abiertos y, durmiendo, podía oír y ver cuanto estaba sucediendo. Una pesadilla.

Vi a Giùbal, Coquillon, Colin y Lázaro apretados alrededor del fuego. Con las caras alteradas por la borrachera y siniestramente iluminados, parecían cuatro brujas en pleno aquelarre. Y parloteaban como si estuvieran lanzando una maldición o tramando una vil conjura.

—No hay más solución que el amotinamiento —decía Coquillon—. François ya no es el que era, está hecho un blando. ¡Ha cogido, lo sé, más miedo al infierno que el que tiene el propio Berart le Barre! Nos llevará a la ruina si no le quitamos el mando. Las leyes de la Escaramanta autorizan deponer al jefe si éste cae en la infamia o la traición. Y François ya no es un bergante leal. Os lo digo yo, se ha pasado al otro lado. El Grant Caym aprobaría nuestra decisión.

—A mí las leyes me importan un comino —rebatió Colin—. ¡Piensa en que si lo liquidamos podremos repartirnos su parte del botín! ¡Eso sí es importante!

—Después está lo de la copa de Berart —continuó Coquillon—. ¿Por qué la quiere con tantas ansias? ¿Qué hay debajo de todo eso? Quizá esa copa vale mucho más de lo que podamos imaginar. Tengo la impresión de que François nos quiere tomar el pelo. Porque es la copa, sólo la copa, lo que le interesa. Tal vez sea verdaderamente un amuleto extraordinario, el cuerno de la abundancia, la clave del poder... Tú, Giùbal, que eres algo alquimista, ¿qué opinas?

—¿No pensarás que la misteriosa piedra negra engastada en ese cáliz sea la famosa piedra filosofal que da el poder de fabricar oro? Te aseguro que la verdadera piedra, por su naturaleza, no dejaría nunca que la encontrasen simples desollaperros y matapollos como vosotros... Pero no me parece que sea difícil pensar que la copa de

Berardo sea el receptáculo del influjo de algún planeta, de lo cual se derive en consecuencia un cierto poder o una cierta capacidad... De todos modos, yo también me sentiría feliz si pudiera quitarme de en medio al tal poetastro. Nunca me ha gustado con todas sus pretensiones.

—Entonces, estamos de acuerdo. Tenemos que eliminar a François en cuanto regrese. Un golpe seco cuando menos se lo espere... Será un juego de niños.

—¡Fácil y divertido! —murmuró Giùbal con un guiño, mientras rompía como si fuera una paja una gruesa rama que echó al fuego—. Me ocuparé yo personalmente...

—Tomaremos el mando Giùbal y yo, que somos maestros —estableció Coquillon, echando vino en las tazas—. Y estoy seguro de que, después de esta empresa, alcanzaremos el grado de venerables.

—Es mejor que el jefe sea *yo* —dijo Giùbal, amenazador—. Dos jefes son demasiados y yo tengo más experiencia. Tú serás mi ayudante.

Coquillón puso al mal tiempo buena cara.

—¡Por el nuevo jefe y su ayudante! —dijo, levantando la taza—. ¡Por la salida de escena del venerable François! ¡Por el tesoro de Berart! ¡Por la copa mágica que nos traerá todas las riquezas!

Y los cuatro bribones brindaron para firmar su criminal acuerdo.

—Tendremos que andar con cuidado con los dos Grangargue —añadió fríamente Giùbal—. Temo que la enfermedad de François se les haya contagiado. Y también debemos decidir qué haremos con el muchacho...

—Ya te dije que debíamos haberle matado en seguida —dijo Colin a Coquillon—. Esta vez nadie me lo quitará de las manos.

Sabía que lo que estaba viendo sucedía realmente, pero era como si lo estuviera soñando.

Y soñando grité, grité con todas mis fuerzas. Mi grito soñado fue tan potente que también mi cuerpo emitió un grito ahogado. Y gritando, me desperté.

Coquillon, Colin, Lázaro y Giùbal tenían sus ojos fijos en mí. Y en aquellos ojos leí que sabían que yo había sido testigo de sus propósitos de traición. Estudié la posibilidad de huir en la oscuridad y lo intenté, pero Colin me cogió y, apretándome el cuello con un brazo que me cerraba toda posibilidad de escapar, cogió su cuchillo.

—Yo sé qué debemos hacer con el muchacho —dijo Giùbal—; matándole, no sacaremos nada. Le cortaremos un pie y lo venderemos como carnaza a un mendigo de profesión.

—Es verdad —confirmó Cagou—. En mi ambiente, un muchachito cojo o manco se paga hasta con dos escudos.

—Ya —se preocupó Coquillon—, pero Holofernes y Nemrod ¿qué dirán? Tienen gran debilidad por este mono...

Mientras tanto, Colin seguía apretando mi cuello y pinchándome el costado con su cuchillo.

—Les explicaremos que ha sido atacado por un lobo mientras ellos dormían profundamente la borrachera —sugirió Giùbal—. Sólo tendremos que mostrarles su ropa manchada con la sangre de una liebre y se lo tragarán todo... He leído ese truco en la Biblia. Mañana mismo podremos vendérselo a cualquier vagabundo. Pero esta noche y mañana por la mañana lo tendremos escondido. He visto una gruta más arriba que nos servirá. Le ataremos como una salchicha y lo meteremos allí.

Y eso es lo que hicieron.

No hay palabras para describir lo que sentí en las horas que siguieron. Basta decir que si mi aventura puede ser comparada a una bajada a los infiernos, en aquel momento toqué fondo. Me encontraba en el vientre de la ballena, en lo más profundo del abismo. Estaba temblando, torturado por las apretadas cuerdas que me inmovilizaban, aterrorizado por la posibilidad de ser devorado por un animal salvaje. Y, sobre todo, muerto de miedo ante la idea de lo que me pasaría en caso de sobrevivir.

Estaba amaneciendo cuando, vencido por el dolor y el terror, perdí la conciencia. El sol estaba ya alto y Coquillon, Colin y Giùbal me devolvieron a la tremenda realidad. «He leído ese truco en la Biblia», había dicho Giùbal, y lo siguieron paso a paso.

Como José, que después de estar escondido en un aljibe fue vendido por sus hermanos a unos mercaderes egipcios, así fui yo sacado de la gruta para ser vendido a algún vagabundo que pasara por el camino de Santiago.

Atado como estaba, me cargaron en un mulo. Les oía discutir sobre mi futuro mientras bajaban hacia el valle.

—¿Ya has hecho correr la voz de que tenemos un niño en venta? —preguntaba Giùbal.

—He divulgado la noticia por Roncesvalles, en el Hospital de los Peregrinos y en la Taberna de la Espada Rota —aseguraba Lázaro el Cagou—, y puedes estar seguro de que ha volado como el viento por la calle y en ambas direcciones. Antes de la noche vendrá alguien a vernos interesado en el negocio, ya verás.

—Sí, pero antes le habré cortado el pie —decía Giùbal.

Y Coquillon (se lo agradeceré siempre) añadió:

—Ya, y así a lo mejor se nos muere por el camino y adiós negocio... Y, además, ¿estás seguro de que nuestro cliente querrá un cojo? Tal vez prefiera un manco... Después de todo, lo que quieran hacer con el muchacho no es cosa nuestra.

Cuando llegamos al camino, Lázaro se escondió conmigo detrás de una mata y Giùbal y Coquillon se sentaron bien a la vista, a la espera de un comprador que no se hizo esperar mucho rato.

A través de las hojas del matorral que me escondía, pero que no me impedía la vista, le vi llegar de lejos y en principio no me pareció un ser humano; más bien parecía un oso. Decir que iba sucio y con el pelo erizado, no da idea de la realidad. Su rostro, si se excluyen los ojos, era todo negro. Negra la tupida barba, negros los largos cabellos: tanto unos como otra, que desde luego debía de hacer muchísimo tiempo que no se lavaba ni peinaba, los llevaba recogidos, supongo que originariamente en numerosas trenzas, pero ahora parecían cordeles y colgantes de fieltro rebozados en porquería. De aquella misma suciedad estaban cubiertas también las pocas zonas de su cara que no tenían pelo.

En cuanto a la ropa de aquella bestia —que nada salvo los ojos, con un brillo de locura, eso sí, tenía de humano—, hacía juego con sus pelos: tan sucia como la pelambrera y, honestamente, no puedo decir que remendada... Más exacto que hablar de un traje sería hacerlo de pedazos asquerosos y desgarrados pegados los unos a los otros seguramente gracias a aquella porquería grasienta.

Aquel ser se movía como un animal, haciendo oscilar todo el montón de trenzas y trapos. De él emanaba un hedor insoportable a pesar de la distancia.

Cuando le vi, el terror que me oprimía desde hacía ya muchas horas se volvió más agudo, y a éste se unió un indecible asco. Habría preferido estar afiliado a la corporación de llagados amigos de Lázaro el Cagou antes que ser propiedad de aquel bruto... Incluso Lázaro parecía impresionado y encogía la nariz por el mal olor.

El salvaje llegó a pocos pasos de Giùbal y Coquillon y, siguiendo su movimiento oscilante, gritó con voz ronca:

—¿Dónde está mi hijo? Hace años, ya no sé cuántos, que lo perdí y le voy buscando por todas partes. ¿Lo tenéis vosotros? ¿Es el que queréis vender?

Su voz sonaba como un rugido de desesperación. «Este hombre —pensé— se ha vuelto loco y se ha transformado en una bestia por el dolor de haber perdido a su hijo.»

—¡No sé de quién hablas! —dijo con malos modos Giùbal—. Pero sí tenemos a un chico en venta. ¡Es tuyo por cinco escudos, y te servirá mejor que el hijo de quien hablas!

—¡Cinco escudos los tengo! —dijo la bestia—. ¡Mirad! —y sacó de entre sus trapos algunas monedas de plata—. ¡Ahora enseñadme el muchacho!

Giúbal silbó y Lázaro me hizo salir del escondite. En cuanto me vio, el bruto dio un salto de emoción:

—Realmente es él —murmuró, acariciándome con sus asquerosas manos—. Es mi hijo, no hay ninguna duda...

Puso las monedas en la mano de Giùbal y se acercó para cogerme. Yo no pude reprimir un grito, pero después mis ojos se encontraron con los suyos y en ellos vi una luz afectuosa y paternal. Tuve piedad de él. Pensé que en todo mi viaje no había hecho nada más que buscar un padre, primero en Coquillon, luego en François... Tal vez Dios quería darme a aquel hombre como padre. Aceptar ser su hijo significaba restituirle el hijo perdido. Aquella sería una buena acción de la cual se alegrarían Dios y los ángeles del cielo. En fin, pensé que no tenía ningún motivo, aparte de su apariencia, para juzgarlo, y que, al contrario, la luz de sus ojos...

La bestia me sujetó con afectuosa brutalidad y me cargó sobre su espalda. Yo dije para mis adentros:

—¡Sí, amén, sí! —y me desapareció todo sentimiento de asco y de miedo.

Mientras se alejaba de Giúbal, Coquillon y Lázaro, me estreché hacia él con verdadero afecto, feliz de mi liberación.

—Querido hijo mío, no tengas miedo... Soy tu padre, lo soy de verdad —murmuró entonces una voz bien conocida bajo la cascada de trenzas que escondían su rostro. Era la voz de François.

Y fue así —¡doble milagro!— como François me liberó y, al mismo tiempo, encontré a mi padre. Porque François —no lo he dicho hasta ahora para no estropear la sorpresa, pero estoy seguro de que muchos de vosotros ya lo habréis pensado— es mi padre. Si lo recordáis, he aludido a un poeta que desapareció poco antes de nacer yo, del cual se decía que yo era hijo... Y Marion la Bella, ¿os acordáis de cómo le habló de mi madre? A pesar de eso, ¿no lo habéis descubierto? En realidad, aunque yo lo deseaba, tampoco lo descubrí hasta el momento en que el salvaje me lo dijo.

¿Os gustaría saber por qué él, que desde luego no ignoraba que yo fuera su hijo, no me lo dijo antes? Me habría gustado también a mí saberlo y fue lo primero que le pregunté.

—Mira, hijo —respondió—, aunque la precaución ha resultado inútil, quería evitarte represalias por parte de aquellos canallas. Sabía que se rebelarían. Si debo ser sincero, te diré que no me fui para espiar la llegada de Berart, sino para ponerlos a prueba. No me he alejado mucho, y mientras tanto Hugo los vigilaba por encargo mío. Cuando el buen caballero ha venido a decirme que te habían hecho prisionero, he preparado a toda prisa esta comedia para rescatarte. Y estoy satisfecho de haber engañado a Lázaro en su mismo terreno, o sea disfrazándome. Me ha sido muy útil haber interpretado en el teatro el papel de Urso, el hombre salvaje. Aunque para resultar todavía más convincente, esta vez, antes de vestirme, he tomado un baño en unas letrinas.

En Roncesvalles, en la Taberna de la Espada Rota, nos esperaba un buen baño y una buena comida. Cuando estuvimos limpios y alimentados, François me llevó al establo, donde encontramos dos caballos ya ensillados y cargados con las provisiones necesarias para hacer un largo viaje. Vigilándolos estaba Hugo de Monthaut, que me saludó amablemente.

Mi padre me subió a la grupa de un caballo y, antes de montar en el otro, le dijo a Hugo:

—Caballero, volveré dentro de diez días y entonces vendrá el tiempo de nuestra cruzada. Ahora volved al campamento a esperarme, pero no digáis a los demás que me habéis visto. Adiós —montó al caballo y lo espoleó, cogiendo la brida del mío.

—Robin querido —me dijo—, te llevaré a ver un poco de mundo. Iremos a Toledo a visitar a un amigo mío... En su día ya entenderás el porqué de este viaje.

—¡Pero Berart llegará mientras estemos fuera!

—Te aseguro que Berart tardará por lo menos diez días en llegar. No marchó el día uno como dije, sino el siete de mayo. Tenemos tiempo de ir y volver de Toledo, y en el camino te explicaré...

—¿Y Holofernes y Nemrod?

—Ya son bastante mayorcitos para arreglárselas solos.

—¿Qué es lo que me vas a explicar?

—Te explicaré la verdadera historia de la copa de Berart y de los tramposos de la Escaramanta.

12 *Donde François me explica la historia de su desventurada juventud y las intrigas referentes al grial de Berart de la Barre*

TOMANDO la dirección del sur, cabalgamos durante cuatro días que fueron los más felices de mi vida. ¡No había tenido nunca un padre y ahora lo tenía! Y era justamente el que, sin atreverme, había deseado que fuera mi padre. Su presencia me daba una sensación de tranquilidad y confianza que llenaba completamente mi interior, apartando de mí todas las ansias y preocupaciones. Como había sucedido a menudo en aquel viaje que Dios en su sabiduría (¡a Él todas las alabanzas!) había prefijado, el cielo y la naturaleza decían en su idioma todo lo que yo sentía en mi corazón.

Viajamos casi siempre por áridos páramos montañosos casi desérticos, pero aquel desierto estaba lleno de una luz purísima que gritaba: ¡Paz! El ancho horizonte, ya estuviera sereno, cubierto de nubes cambiantes o iluminado por el fulgor de los rayos, tenía una amplitud y una majestad que no había visto jamás en los cielos de Francia. Y también el cielo cantaba: ¡Paz!

Y como me había prometido, François me contó una historia. Una historia en la cual se entrelazaban varias historias como en un friso árabe: la historia del mundo y la de la Escaramanta, la narración de su desventurada juventud y el intríngulis de la copa de Berart...

—En los tiempos en que reinaba el rey Luis el Bueno —empezó François—, el mundo no había entrado todavía en esta época sombría a la cual quizá algún día la ira de Dios querrá poner fin. Pero ya se veían algunos signos de una gran decadencia: Jerusalén había sido arrebatada a los cristianos y la guerra santa de los cruzados había perdido su originaria y desinteresada pureza. Había quien aprovechaba para enriquecerse con mil comercios y enredos, y quien acababa reducido a la miseria. La caridad de los más se enfrió y las ciudades pronto estuvieron llenas de miserables... En aquella época los caballeros templarios gozaban del respeto de toda la cristiandad, a la que defendían y contribuían a mantener dentro del orden. Refieren las tradiciones de la Escaramanta que fueron los templarios quienes formaron las primeras corporaciones de mesnaderos y también las organizaron con el fin de marginar el desorden social y, en lo que fuera posible, moralizar a las nuevas clases peligrosas. Así, los fuera de la ley tuvieron una ley, y algo del espíritu caballeresco pasó a las corporaciones de ladrones y vagabundos. En aquellos días el Grant Caym trataba con las autoridades de las principales ciudades, que gustosos le dejaban el desagradable encargo de gobernar el mundo de la mala vida. Los templarios siguieron por mucho tiempo teniendo en las corporaciones criminales agentes que vigilaban que el código de honor de la Escaramanta fuera transmitido y respetado.

—Querido padre, ¿tú eres uno de ellos? —pregunté.

Pasó como una nube por la mirada limpia de François, que respondió:

—He cometido muchos pecados en mi juventud para los cuales no tengo ninguna excusa, sólo la naturaleza irreflexiva y apasionada de los pocos años. En lugar de estudiar, como hacía creer a mi padre, frecuentaba malas compañías y practicaba no las artes y la teología, sino la gaya ciencia de los goliardos y los juglares. Yo mismo me convertí en juglar (pretendía ser poeta, pero sólo quería disfrutar de la vida) y pronto me encontré afiliado a una banda de *coquillarts*: el dinero de mi padre no me bastaba para mi vida de juergas y jolgorios y decidí con plena conciencia recurrir al robo. En seguida me relacioné con un *coquillart* de la vieja generación. Era un venerable y tenía gran autoridad en el ambiente de la Escaramanta: en él, la sabiduría y el espíritu de la caballería de las antiguas hermandades truhanescas no se habían adormecido. Otros tiempos, otros temples... ¿Recuerdas aquel viejo que nos regaló El Rey Pescador? Era un hombre de ésos. Yo frecuentaba su compañía y aprendía, en teoría, su doctrina: con los oídos escuchaba sus buenos consejos, pero después continuaba viviendo en el desorden, preocupándome sólo de divertirme. Fue en aquel período cuando me enamoré de tu madre. Y, desde luego, no merecía la felicidad que Dios, en su bondad, quiso concederme aquellos días. Poco antes de tu nacimiento, organicé con dos compañeros un robo de dinero con el cual contaba arreglarme durante un par de años. Los deseos materiales de mi parte carnal, que en los últimos tiempos había adorado, lograron apagar mi intelecto... ¡Desgraciado! Fuimos descubiertos con la ganzúa en la mano; siguió a este encuentro una pelea en la que murió un hombre. Fui condenado a muerte, pero inesperadamente mi condena fue conmutada por el exilio, no sé si por mis méritos de literato o porque mi padre con sus plegarias, o más eficazmente con una donación de dinero, ablandó el corazón de algún prelado próximo a la corte del rey. ¿Qué debía hacer? ¿Dónde podía ir? Pedí ayuda al viejo *coquillart* e inicié una nueva época en mi vida... Ahora ya sabes quién era tu padre, Robin. Perdóname. Que mis desventuras puedan al menos ponerte en guardia.

—Bueno, padre —dije—, Dios seguramente ha perdonado tus pecados y, claro, ¡yo también los perdono! Pero dime, ¿qué pasó luego?

—Debes saber que con la muerte de Luis el Bueno, en el mundo las cosas empezaron a andar de mal en peor. Llegó el reinado del ávido y cruel Felipe el Hermoso, que no merece ni ser llamado rey. Incluso metió en prisión al Papa en Francia y disolvió la orden del Temple. Muchos caballeros templarios fueron injustamente condenados y quemados en la hoguera... Una leyenda narra que Felipe el Hermoso estaba interesado sobre todo en un cáliz que pertenecía a los templarios y que, leyenda sobre leyenda, se decía que no era otro que el Grial conquistado por Perceval, caballero del rey Arturo. Dice la historia que Felipe no logró obtener la copa, que desapareció misteriosamente. También los templarios que habían sobrevivido se escondieron durante aquel tiempo, en parte bajo la tutela de los Caballeros de Rodas. Y es justamente en Rodas donde hace unos cuarenta años apareció de nuevo la copa venerada como una reliquia. Esta vez gustó a un cardenal indigno que estaba intrigando para hacerse elegir Papa. La familia de los templarios, que entonces tenía en custodia la copa, la cargó con todo secreto en una nave con rumbo a Marsella con el intento de llevarla a Saboya, donde tenían un castillo. Pero la nave fue abordada, saqueada y hundida por Berart de la Barre, que navegaba por los mares de Creta buscando presas, aunque del hecho fueron acusados los piratas sarracenos, a quienes culparon del robo de la copa.

—Pero a ti, padre, ¿qué te ocurrió?

—Ten aún un poco de paciencia... Debes saber que al inicio de esta época sombría no solamente se escondieron los templarios. Desde entonces, la misma realeza vive en el exilio. Los hombres como Felipe, y este siglo produce enteras dinastías de ellos, no son reyes ni cuando se sientan en el trono. El verdadero rey, dice la leyenda, duerme en una gruta o está lejos, en el exilio, como el rey Arturo en la isla de Avalon... Sin reyes verdaderos, los reinos cristianos se precipitaron en el desorden. El reino de la Escaramanta no es que haya sido nunca un paraíso, pero se convirtió en el infierno que tú ya conoces. De todas maneras, quedaron todavía hombres como el *coquillart,* del que tuve la suerte de ser discípulo y a quien fui a pedir protección en cuanto salí de la cárcel, que mantenían por tradición familiar los contactos con lo que quedaba de la Orden del Temple, igual como en los tiempos en que ésta aún ejercía su benéfica influencia sobre las corporaciones de bergantes. Por su mediación me convertí en secretario del último descendiente de la noble familia templaria que había custodiado el cáliz, y me escondí en su castillo de Saboya. Al lado de este pío caballero pasé tres años de estudio y penitencia, que se concluyeron con un peregrinaje votivo a Jerusalén. Mi protector me entregó algunas cartas de presentación para conocidos suyos, mercaderes y estudiosos, que recorrían el camino de la seda y las rutas del océano Índico, y ya cumplido mi voto en Jerusalén, partí para visitar el Asia Mayor.

—¿Es verdad que has estado, como dijo Marion, en la India y en Catai?

—¡Sí, es verdad! Y he viajado en las naves árabes hasta la isla de Taprobana, donde hay muchos elefantes, y me han mostrado los huevos de un pájaro gigantesco que se come a los elefantes y que se llama Ruc, pero los mercaderes cristianos dicen que en realidad se trata del pájaro Grifón... Y he viajado a caballo con los correos del Gran Khan, y he llegado hasta el reino del Preste Juan, al norte del cual el emperador Alejandro encerró tras altas montañas rodeadas por puertas de bronce a los pueblos de Gog y Magog, cerca de los que se erige también el muro de fuego que impide la entrada al Paraíso Terrenal. Y es allá, en el extremo Oriente, donde se encuentra la isla que la leyenda conoce como Avalon, en la que se dice, y es verdad, que Arturo espera los días en que su reino será restaurado. Y también fui recibido por el rey, que como de costumbre estuvo muy cortés...

—¡Oh, padre, no me tomes el pelo! Piensa que tengo sólo doce años pero ya sé mucho del mundo... Venga, explícame lo que te pasó después...

—Volviendo de mis viajes, fui donde estaba mi protector. Por él supe que mi amigo *coquillart* hacía poco que había muerto, y que los más altos rangos de la Escaramanta estaban ocupados por violentos criminales. Entonces me propuse entrar de nuevo en el círculo, esta vez como agente de los templarios.

—Entonces, padre, *eres* un agente de los templarios...

—Claro que lo soy. Y además te puedo decir que soy un agente del rey.

—¡Bueno, padre, no gastes bromas!

—Y así empecé a frecuentar de nuevo el ambiente de los tramposos. Mi fama de ladrón poeta aún no se había apagado, y acabé siendo admitido en el Colegio de los Venerables. Pero mantenía los contactos con los nobles templarios de Saboya, a los que un día les llegaron datos fundados de que la copa estaba en manos de Berart de la Barre. Entonces me encomendaron la misión de recuperarla y restituirla a la Orden, que es su legítima depositaria. Cuando haya cumplido esta misión abandonaré para siempre la Escaramanta. Los templarios, por su parte, retirarán toda su influencia sobre ella, dejándola a merced de sus tendencias más malignas... Hijo mío, no robaremos el oro de Berardo. No he tenido nunca intención de ello. Cogeremos solamente la copa. Es el único motivo por el que he inventado toda esta extravagante historia de ladrones, de gigantes y de tesoros en la que te has visto envuelto. Esto es lo único que no había previsto: que tú estuvieras entre los personajes principales. Y esto es lo que hace que sea perfecta la aventura.

El cuarto día por la tarde divisamos Toledo sobre una colina y, gracias a la extraordinaria limpieza del aire, nos pareció, ya desde la distancia, nítida e imponente como una fortaleza. El sol estaba bajo, pero la luz aún era clara y soplaba una brisa cálida que traía perfumes de verano.

Tras entrar en la ciudad, pasamos por una plaza en la que se agrupaban ociosas bandas de pícaros, todas con sus *lazarillos*, en espera de algún trabajo más o menos ilegal o de un pollo que desplumar. Pintorescos. Pero aquel mundo ya no tenía ningún encanto para mí, y ni siquiera me volví para mirar atrás mientras seguía a François, que espoleó a su caballo para pasar bajo un arco y entrar en una calleja oscura.

Me condujo al barrio árabe y allí, delante de una puerta decorada con arabescos esculpidos en la piedra, que casi parecía el pequeño portal de una iglesia, bajó del caballo.

Yo le seguí y llamamos a la puerta. Se oyeron pasos suaves, después el ruido de una cadena. La puerta se abrió y apareció un hombre con un turbante y larga barba.

—¡Paz en tu casa, Ishàq ibn Jàbir! —exclamó François.

—Paz a ti, *maître* François. ¡Qué alegría verte! Entra.

—Él es Robin, mi hijo —dijo François.

—No sabía que tuvieras un hijo.

—Es verdad, no lo tenía, pero ahora lo he encontrado. Y tu hija Salmà, ¿está bien? ¿Y tu esposa?

—Sí, gracias a Dios. Ya se han retirado a descansar... Mañana las veréis. Pero debéis de estar cansados; venid, podréis dormir en la biblioteca.

Nos condujo a una espaciosa sala ocupada por un escritorio y simples estanterías de madera repletas de libros y papeles, y nos hizo acomodarnos en un rincón decorado con alfombras y grandes cojines. Nos trajo dos escudillas de sémola con carne y, mientras comíamos, se quedó con nosotros y nos entretuvo con una cortés y sabia conversación.

Después nos deseó buenas noches, nos dejó una lámpara y se marchó.

Mi padre cogió un libro de una estantería y lo abrió. Sus páginas estaban cubiertas por una apretada escritura árabe mezclada con muchos dibujos de hornillos y botellas con extrañas formas. Devolvió el libro a su lugar y, tras una breve busca, lo sustituyó por un libro en latín.

Éste no tenía ilustraciones, pero las palabras latinas, que yo era capaz de comprender ligeramente, se alternaban con secuencias de incomprensibles símbolos geométricos que me recordaban los marcos de los artesanos y de los comerciantes, pero que François me explicó eran signos de planetas y constelaciones, de sustancias minerales y de elementos, de instrumentos y operaciones de la filosofía química.

Cundo la luz se apagó, me acurruqué al lado de mi padre y cerré los ojos. Durante un tiempo me pareció ver en la oscuridad extrañas botellas y símbolos misteriosos. Después me dormí con un sueño tranquilo y reparador como no lo había tenido en mucho tiempo.

13 *Donde tengo experiencia del amor y de la muerte, de los horrores de la guerra y del valor de la verdadera amistad*

ME despertó un rayo de sol que entraba por la ventana iluminando los vivos dibujos de colores de la alfombra sobre la que había dormido. Era pleno día y François no estaba. Contemplé un poco las partículas de polvo que volaban en la luz. Sobre uno de los estantes, entre dos manuscritos, una araña estaba tendiendo su tela, también radiante por la luz solar.

Me volvieron a la mente, por un momento, las fórmulas y diagramas de los libros de Ishàq. Después oí una risa infantil al otro lado de la ventana. Me levanté y me acerqué procurando que no me vieran.

En una especie de claustro con toda clase de árboles y flores, una niña algo más joven que yo hablaba con los pájaros que sin ningún miedo se le habían acercado. Les explicaba cosas en una lengua para mí desconocida pero musical, y los pájaros parecían escucharla con alegría. Aun sin comprender el significado de las palabras que pronunciaba, también yo me encontré escuchándola atentamente, siguiendo el ritmo y la melodía de su voz. Después, los pájaros, jugueteando, volaron entre los árboles. Ella calló y levantó la vista en mi dirección.

Sin verme, estuvo inmóvil sonriendo distraídamente por espacio de algunos instantes que a mí me parecieron una eternidad, y cuyo recuerdo aún conservo de manera indeleble.

Era una niña de gran belleza. ¿Cómo puedo describir la fuerza y la pureza de su mirada, el color de su piel oscura y aterciopelada, la curva de su labio superior sombreado por una ligera pelusilla, y el marco de sus negros y brillantes cabellos? El amor me traspasó el corazón con un dulce sentimiento que jamás había notado.

Era Salmà, la joven hija de Ishàq. Mientras la contemplaba, el tiempo, como ya he dicho, se paró. Mis sentidos se tornaron más agudos y la visión de la niña se volvió más nítida y luminosa. Hasta mi oído se afinó, y la habitación (pero ¿dónde estaba la habitación? ¡No había ninguna habitación!) quedó invadida por el piar de los pájaros y el silbido del viento entre los árboles del jardín. Por el contrario, mi raciocinio y mis facultades intelectuales desaparecieron por completo. Mi mente estaba vacía y muda, y no sabía ya quién era yo. Existía sólo, perfecta, aquella visión.

Entró François y también la eternidad tuvo fin. Me saludó afectuosamente, fingiendo no darse cuenta de mi estado confuso. Me dio unas galletas de anís y me condujo a la estancia donde Ishàq trabajaba.

Ishàq era médico y alquimista y su laboratorio estaba lleno de hornillos y botellas como las que había visto en las ilustraciones del libro. Encima de un hornillo había un crisol humeante en el cual de vez en cuando Ishàq echaba pellizcos de unos polvos que sacaba de un vaso. Cuando me vio entrar, me saludó cordialmente y después, invitándome a seguirle, me condujo al jardín interior y me presentó a su hija Salmà. Yo no dije ni una palabra.

Me quedé con Salmà y su madre toda la tarde mientras Ishàq trabajaba en el laboratorio y François le hacía compañía. Salmà y yo estuvimos jugando con gran familiaridad mientras su madre tejía o cosía; mejor dicho, yo me limitaba a mirarla jugar, porque su compañía me bastaba. No estábamos en situación de comprender nuestros respectivos idiomas y, por otra parte, no teníamos ninguna necesidad de palabras.

Aquella tarde coronó el breve paréntesis de paz que los últimos días habían sido en mi aventura. Después, de improviso, el sol se apagó y

Salmà debió retirarse. Recordé que François había previsto marchar a primera hora del día siguiente. Apenas tuve tiempo de decirle adiós con la mirada. Después me quedé solo dialogando con mi corazón lleno de amor.

El viaje de vuelta no fue tan agradable como el de ida. El futuro era incierto y, a pesar de la gran confianza que tenía en mi padre, mi alma estaba atormentada por un triste presentimiento.

Llegamos a Roncesvalles al mediodía y nos dirigimos hacia Francia. François dijo que nos encontraríamos con el convoy de Berart antes de la noche.

Y realmente poco antes del anochecer vimos llegar por el fondo del camino una gran carroza acompañada de seis hombres a caballo. Parecían armados y su capitán llevaba un sombrero adornado con plumas y una venda negra tapándole un ojo.

—¡El sargento Gualbert! —susurré.

—¿Le conoces? —preguntó Francois.

—Le vi en París con Coquillon. Nos iba a arrestar... Después, Coquillon le habló del robo que teníamos proyectado y le prometió una parte del botín...

Gualberto y dos caballeros más dejaron el grupo y vinieron a galope hacia nosotros.

—No creía encontraros tan pronto —dijo el sargento, apretando el puño de su espada.

—Estate tranquilo, aún no es el momento de empezar la batalla —respondió François—. Sólo quería advertirte de que Coquillon y Giùbal Tubalcain os esperan en Roncesvalles, pero según parece ya lo sabes todo.

Entonces llegaron los otros tres caballeros. Uno de ellos iba vestido con un rico traje de brocado bordeado de piel de armiño, y en la cabeza una gorra de paño rojo. Era bastante anciano y corpulento, con unos ojos hundidos y asustados que movía continuamente. Tenía el rostro arrugado. Sabía que tenía enfrente al hombre más rico de Francia, pero a mí me pareció sólo un pobre viejo.

—Sargento —preguntó a Gualbert—, ¿pasa algo que no me haya sido advertido?

—Señor de la Barre —dijo François después de haberse presentado—, se está tramando un robo contra vos. He venido aquí para advertiros y poner mi espada a vuestro servicio.

Entretanto llegó la carroza, en la que viajaba un eclesiástico también vestido con rico traje y llevando colgada al cuello una gran cruz de oro y piedras preciosas. Desde fuera no podía verse, pero el clérigo llevaba como equipaje tres grandes cajas fuertes.

François puso a Berardo y a sus compañeros al corriente de lo que se les tenía preparado, y lo hizo con tanta sencillez y sinceridad que Berardo no tuvo dudas en creer cuanto les dijo.

—Sargento Gualberto —dijo después—, espero que no tendréis inconveniente en que nuestro nuevo amigo colabore estrechamente con vos en dirigir nuestra escolta.

—A vuestras órdenes —respondió amablemente Gualberto con una inclinación de cabeza, pero se le veía descontento de aquella decisión.

Acampamos para pasar la noche. Una noche oscura con pocas estrellas y una Luna delgadísima. François se puso a tocar un laúd que le había regalado Ishàq ibn Jàbir, y yo bien tapado con una manta le escuché durante un rato. Me dormí mientras cantaba una canción algo melancólica, de versos enigmáticos pero muy claros para mí...

Tengo la cara de mi amiga en el corazón,
y es como una herida sangrante:
es el espejo de su amor el alma amante
si verdaderamente la ha herido la pasión.

Dormí poco, preocupado por el pensamiento de la batalla que nos esperaba en Roncesvalles. En sueños y por un feliz instante, vi de manera fugaz la cara sonriente de Salmà. Me desperté sobresaltado y François no estaba a mi lado. Afortunadamente vino en seguida.

—¿Dónde has estado? —pregunté.

—Me he ido a dar una vuelta por aquí cerca para conciliar el sueño —respondió. Después se tumbó junto al fuego, sonriendo con aire satisfecho.

A la mañana siguiente, hicimos el trayecto que nos separaba de Roncesvalles en silencio. Gualberto mostraba un rostro tenso e impenetrable. Berardo giraba a derecha e izquierda sus ojos asustados. El delegado del obispo de Santiago de Compostela trataba de esconderse, para pasar lo más inadvertido posible, dentro de la carroza...

Cuando llegamos al llano de la muerte de Roldán, François se acercó a Gualberto y dijo solamente:

—¡Dentro de poco empezará la fiesta! —y volviéndose a mí—: Tú, Robin, te quedas aquí en la iglesia. Si me mataran, huye tan deprisa como puedas y vuelve con tu madre...

Le vi alejarse hacia el lugar de la emboscada y me tendí en el prado, esperando.

No fui testigo ocular del episodio que sigue, pero recuerdo lo que mi padre me contó.

Cuando la caravana llegó a media mañana a la gran roca con forma de elefante, un cojo cubierto de llagas les salió al encuentro gritando:

—¡Piedad, tened piedad de mí!

No se había dado cuenta de que François cabalgaba detrás de la carroza, y puso una cara de lo más cómica cuando éste dijo:

—Es un viejo truco. ¡Apártate si no quieres que te arrollen los caballos!

En aquel momento salieron de detrás de la roca, blandiendo espadas y mandobles, Coquillon, Giùbal, Colin, Holofernes y Nemrod. Les seguía Hugo de Monthaut, también él con la espada desenvainada, montado en su esquelético caballo.

En pocos segundos llegaron a la carroza y las espadas empezaron a cruzarse con estruendo. François salió de detrás del vehículo y, parando con su espada un terrible golpe de Holofernes, gritó:

—¡Salud, hermano! —la cara del gigante se iluminó—. Nemrod —dijo riendo—, ¡no puedo explicarme la razón, pero la verdad es que me parece que nos hemos equivocado de ejército!

Nemrod, que estaba haciendo voltear su mandoble, simplemente se dio la vuelta y se enfrentó a Coquillon, Colin, Giùbal y Lázaro, que ya había recobrado la salud y estaba armado.

Hugo se unió a ellos en seguida.

—Ya me parecía —dijo— que éstos no eran caballeros paganos —y también él se pasó al bando de François.

Los cuatro malhechores, ahora ya rodeados, se sintieron perdidos. Coquillon dirigió una mirada implorante a Gualberto y Giùbal le dijo con frialdad:

—Honesto y miserable o truhán y rico: tuya es la elección, sargento.

El sargento no tuvo ninguna duda: hizo una señal a sus cuatro hombres y los cinco se unieron a los asaltantes del convoy que hubieran debido defender. Bien definidos finalmente los dos bandos, como en un juicio universal, empezó otra vez ensordecedor el metálico canto de las espadas.

Fue una batalla violenta. Los mandobles de los Grangargue giraron sin tregua destrozando a la vieja escolta de Berart: hubo quien perdió la cabeza, hubo quien dejó en el terreno un brazo con la espada todavía empuñada, y quien herido de manera más leve prefirió sabiamente la huida a la muerte en el campo. Gualberto fue herido de rebote, pero perdió el ojo bueno. Con la cara inundada de sangre, gritaba:

—¡No veo! ¡Maldición, estoy ciego!

Acabada la batalla, se marchó en compañía de Lázaro, el cual había sido herido gravemente en una pierna, y desde aquel día no tuvo que volver a fingir nunca más ser cojo para pedir limosna.

Giùbal y François se intercambiaron golpes terribles. Hugo, apeado de su caballo, tenía acorralado a Coquillon, que con grandes saltos usaba su espada a diestro y siniestro.

Berardo se había quedado hasta ese momento prudentemente en segunda fila, inmóvil a la grupa de su caballo. Vestido con una lujosa hopalanda y un precioso gorro de paño bajo el que se distinguía una mirada asustada, observaba con aprensión el desenlace de los acontecimientos. Sin embargo, no se dio cuenta de que Colin, apartándose del jaleo, se había metido debajo de su caballo ni de que en aquella posición cortaba la cincha de la silla. De repente cayó pesadamente al suelo, lamentándose con voz queda. Entonces el Jabalí se arrojó sobre una gran bolsa que de la silla había caído también al suelo. La abrió, metió su mano y sacó la copa.

Por un momento la batalla se detuvo y todas las miradas se dirigieron hacia el objeto de oro y piedras preciosas que Colin apretaba entre sus manos. Fue Giùbal el primero en empezar de nuevo las hostilidades, hiriendo de una estocada, afortunadamente superficial, el brazo izquierdo de François. Mientras tanto, el caballo de Berart, sin caballero ni silla, escapó asustado. Giùbal lo agarró por las crines y saltó a la grupa. Cogió las riendas y, haciéndole dar una ligera vuelta, se giró para mirar el precioso cáliz.

Teniéndolo bien apretado entre sus manos, Colin resoplaba por la nariz presa de su furor porcino. Sus ojos estúpidos brillaron por un momento con maligna inteligencia. Arrojó al aire la copa, que dio varias vueltas centelleando al sol...

Giùbal la cogió al vuelo y se alejó al galope seguido por Coquillon y Colin montados en dos caballos que habían quedado sin caballero.

Y en este punto puedo de nuevo explicar lo que mis ojos vieron.

Tendido en el prado cercano a la iglesia con las reliquias del valiente Roldán, vi llegar a los tres ladrones a caballo. Intenté acercarme a mi caballo, que estaba pastando, y huir, pero Giùbal me cogió y con la ayuda de sus compadres me arrastró dentro de la iglesia. Llegó el curita saltarín, que amenazado por el cuchillo de Colin en seguida fue atado y amordazado.

Justo cuando los tres se ocupaban de él, yo logré escaparme. Estaba allí colgado Olifante, el cuerno de Roldán: lo cogí y, poniéndomelo en la boca, soplé con toda la fuerza que tenía en el cuerpo. Una nota baja pero potente hizo vibrar todo el interior de la iglesia y el eco resonó entre los montes. Colin y Coquillon me dieron una gran paliza, después me ataron y amordazaron. Giùbal, entretanto...

Llegaron entonces François, Holofernes y Nemrod a socorrerme. Fue Holofernes quien primero se lanzó a la entrada de la iglesia y quizá tuvo tiempo de ver la redonda boca abierta de la culebrina de Giùbal. En el silencio y oscuridad de la iglesia se desencadenaron el fuego y el trueno. Holofernes cayó hacia atrás pesadamente. En la frente tenía un agujero que sangraba. Fue como Polifemo cegado por Ulises o Goliat herido de muerte por la honda de David.

Giùbal, Colin y Coquillon salieron de la iglesia blandiendo sus espadas y, aprovechando la sorpresa que el vil asesinato de Holofernes había provocado, llegaron a sus caballos y se dieron a la fuga.

Pero Giùbal se encontró de frente a Hugo, que en actitud de desafío y con una terrible expresión, tenía los brazos levantados, uno apretando el escudo, el otro sujetando la espada. Los rayos de luz que rodeaban a la Virgen pintada en su escudo, unos rectos y otros ondulados, reflejaron la luz del sol casi como serpientes monstruosas o espadas flamígeras. Ella, Nuestra Señora, aparecía (como Hugo dijo una vez), «deslumbrante como el sol, terrible como un ejército en formación para la batalla».

Como un salvaje, Giùbal se lanzó con la espada sobre Hugo, que usó la suya como arma defensiva, y como arma ofensiva su reluciente escudo con la imagen sagrada. Giùbal se tambaleó por el terrible choque y, mientras la sangre le brotaba a borbotones de una gran herida en el pecho, cayó de su caballo. Estaba muerto. Coquillon y Colin, por el contrario, lograron huir, y ésta fue su definitiva salida de escena de este drama.

En cuanto mi padre me desató, me precipité sobre el pobre Holofernes.

Me incliné para acariciar sus rizos dorados. Con sus ojos abiertos, aún sonreía, y aquella sonrisa era para mí. A pesar de que soy sólo un niño, a lo largo de toda esta aventura no había llorado nunca. Hugo me dijo:

—No hay amor más grande que el de quien da la vida por un amigo.

Y entonces empecé a llorar con un llanto seguido y liberador.

Nemrod se inclinó también con sus ojos llenos de lágrimas y levantó el cuerpo de su hermano.

Lo cogió entre sus brazos como si fuera un niño y, hablándole dulcemente, se apartó de todos nosotros. Así quedó grabado en mi mente: un gigante teniendo en brazos a un medio gigante. Y esta visión tiene dimensiones cósmicas.

Llegó Berart de la Barre. Parecía interesado en saber solamente si la copa estaba a salvo. Descubrimos que Giùbal no la tenía consigo. Coquillon y Colin, ¿quizá...? ¡Coquillon y Colin, malditos bergantes, al fin habían conseguido llevársela!

Coquillon y Colin... A pesar de todo, no logro odiarlos y casi tengo un buen recuerdo de ellos... De vez en cuando veo en mi imaginación sus grotescas caras y me parece oír sus grandes carcajadas, y entonces tengo ganas de exclamar como antes:

—¡A sus órdenes, capitán Coquillon!

14 *Donde termina esta narración, pero comienza un gran viaje*

PARA acabar brevemente: Berart de la Barre tuvo que renunciar a la copa. No renunció, sin embargo, a dar el resto del tesoro al obispo de Compostela, y si eso fue bueno para su alma, yo no soy quién para oponerme. Quiera Dios tener piedad de todos nosotros.

Lo escoltaron hasta Compostela Hugo y su nuevo escudero, Nemrod Grangargue, que había sido purificado y redimido por el dolor. También Hugo me pareció, después de la terrible batalla de Roncesvalles, más sabio, como si hubiera despertado de un largo sueño.

No he tenido más noticias de ellos, pero estoy seguro de que han realizado admirables empresas que seguramente serán cantadas por otros trovadores. Si los encontráis algún día, habladles del pequeño Robin, que yo por mi parte los recordaré siempre con afecto.

Conmovedor fue el momento de su partida. Al despedir a Berart de la Barre, François le hizo una súplica:

—Os ruego que nos dejéis pasar un rato más con nuestros amigos para poder despedirnos... Podéis marchar, que ellos ya os alcanzarán en breve.

Aunque evidentemente tenía pocas ganas, Berart no se atrevió a negar lo que se le pedía. Su carruaje se puso lentamente en movimiento, y François nos condujo, junto con Hugo y Nemrod, detrás de la roca en forma de elefante donde estaba nuestro viejo campamento. Una vez allí, sin decir ni una palabra, sacó de su zurrón la copa de Berart y la apoyó sobre una piedra.

Mientras tanto, el cielo se había nublado y estaba casi oscuro, como si la noche hubiera llegado anticipadamente. Un rayo de sol, aprovechando una grieta entre las nubes, dio de lleno en el cáliz. Centelleó el oro, brillaron también el diamante, la esmeralda y el rubí, y hasta la piedra negra se volvió translúcida, emitiendo reflejos de mil colores.

Hugo cayó de rodillas con lágrimas en los ojos.

—¡Dios mío! ¡El Grial de los templarios! —dijo—. Lo vi cuando era joven en Rodas...

—Pero, padre —exclamé—, ¿cómo puedes tenerlo tú? ¿No lo han robado Coquillon y Colin?

—La copa que han cogido nuestros ex socios, siempre que algún gendarme no los coja antes de que intenten venderla a un encubridor, no les dará más beneficio que el valor del plomo y el apreciado cristal de Bohemia con que fue fabricada por mi amigo Ishàq ibn Jàbir. Es una copa de un tipo especial de oro alquímico que se vuelve plomo en las manos de los indignos. La verdadera copa se la... emmm... robé a Berart la noche que acampamos con él y su escolta, y la sustituí por el falso grial.

—¿Y qué haréis con el verdadero? —preguntó Hugo, preocupado.

—No temáis. Lo devolveré a los últimos caballeros templarios que viven en Avalon, en la corte del rey.

—Saludad de mi parte a Su majestad cuando le veáis...

—No dejaré de hacerlo, buen caballero.

Después, Hugo y Nemrod se prepararon para partir. Salté al cuello del gigante, que se había inclinado hacia mí, y le besé. A Hugo le dije:

—Lástima, caballero, que nuestros caminos se separen. Me habría gustado ser vuestro escudero...

—Querido Robin, tengo ya un escudero perfecto... Y tú también eres ya el escudero de un valiente caballero —me respondió sonriendo y dirigiendo la mirada a mi padre—. También tú —me vaticinó después— te convertirás en un caballero, pero recuerda que la verdadera guerra santa, tal como enseña san Bernardo, es aquella contra nuestro orgullo, y la primera y más santa cruzada es la de combatir para liberar el mal de nuestro corazón a fin de que pueda entrar en él el Rey de la Gloria.

Respondí:

—No me olvidaré.

Y así termina la historia de los bergantes de la Escaramanta y de la cruzada de los bribones. Yo, que lo viví, puedo decir que aprendí mucho de ellos y quisiera que esta narración mía pudiera servir de enseñanza a todos los muchachos que pueden perderse en este siglo sombrío.

Ha pasado cerca de un mes desde el final de nuestra aventura.

Mi padre me ha llevado a Marsella, donde esperamos embarcarnos hacia Jerusalén. Estoy en el puerto y el viento tensa las velas de las naves que están partiendo. El sol está alto en el cielo.

En esta última página de mi libro he dibujado otra vez la que, aprendida de François, es la imagen del mundo.

La observo y mi fantasía me lleva hacia el viaje que me espera.

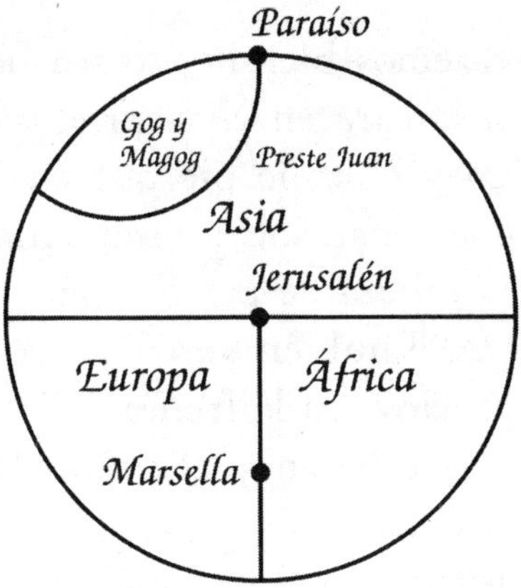

Iremos a Jerusalén, corazón de la Tierra, y desde allí a Asia, en la India, cuyo emperador es el sabio rey sacerdote llamado Preste Juan. El Paraíso Terrenal está a pocos días de camino del confín oriental de este dominio, y más al norte, en los confines septentrionales de Catai, hay, lo dicen los que allá han estado, una enorme cadena montañosa que rodea un vastísimo desierto. Otros viajeros hablan de una interminable muralla mandada construir por el emperador Alejandro.

Todos están de acuerdo en afirmar que detrás de esos montes, o en ese muro, hay una puerta de bronce tras la cual se oye bramar a las hordas de Gog y Magog, preparadas para invadir toda la Tierra (pero sólo Dios sabe cuándo serán abiertas esas puertas, y entonces vendrá el fin del mundo).

Y encontraremos blemnos, o sea hombres sin cabeza y con la cara en el vientre, y esciápodos, con un único y enorme pie que en los días de calor usan como parasol, y también cinocéfalos, que tienen la cabeza de perro y que, en lugar de hablar, ladran. También veremos serpientes con una piedra preciosa en la frente, árboles que producen ovejas que balan y el pájaro Ruc, que se alimenta de elefantes...

François insiste en decir que también iremos donde está el rey Arturo, en la isla de Avalon, y que es a él en persona a quien debe entregar el reconquistado Grial de los templarios. ¿Pensáis que se burla de mí? ¿Qué queréis que haga? Por otro lado, ya le conocéis: es François *le bon follastre*, alias Renard Narquois, príncipe de las burlas, ¡maestro de los juglares!

Y como toda historia de un juglar
debéis tomar ésta con prudencia,
sacad de ella la quintaesencia,
no debéis dejaros engañar...

(Separad el barro y aprovechad el oro,
no deis peso a las vulgaridades,
y si por caso algunas verdades
halláis, guardadlas como un tesoro.)

¡No despreciéis a quien os lo ha contado...
y recordadle en vuestras oraciones
a Quien todos imploraremos perdones
al final de nuestro camino andado!

Carta de acompañamiento

A Madame Margot, en su taberna detrás del Colegio de Navarra. París.

Desde Marsella, el día de San Juan.

Queridísima madre, espero que hayas ya tenido noticias por Marion de que estoy sano y salvo.

Perdóname si me marché tan de improviso, sin ni siquiera despedirme. Fue Dios el que determinó mi camino, para que yo aumentara mis conocimientos y, sobre todo, para que encontrase a mi padre, como ya he explicado en este libro que he escrito como advertencia para todos los chicos que corren el peligro de perderse, y que te mando junto con esta carta.

Cuando lo hayas leído, te ruego que lo entregues a nombre de François, mi padre y tu marido, al impresor Pierre Levet, para que, si lo cree oportuno, lo publique.

Querida y dulce madre, también François ha cambiado, y también él te pide perdón. Es muy buen padre y con él nada malo puede pasarme en las aventuras que nos esperan.

Porque realmente nuestro viaje aún no ha acabado:

Iremos a Jerusalén, donde está el sepulcro de nuestro Salvador, y desde allá a las Indias.

Pero volveremos pronto con regalos y fantásticas narraciones.

Te abraza tu

Robin

¡Prometido!

François.

Índice

1 *Donde, después de haber oído hablar de un tesoro fabuloso, entro a formar parte de la corporación de los pícaros* 7
2 *Donde, junto a Coquillon y a su digno compadre Colin le Sanglier, resbalo en el barro de la calle y tropiezo con el sargento Gualberto* 19
3 *Donde encontramos a François y nuestro viaje se transforma en fuga* 27
4 *Donde seguimos la corriente del Loira a bordo del Rey Pescador y, llegando a Tours, vimos arribar algunas embarcaciones* 37
5 *Donde oigo hablar de gigantes de estirpe cainita y en seguida conozco a un par de ellos* 45
6 *Donde, después de haber arriesgado la afiliación a un grupo de leprosos, participo en la gran reunión de la Escaramanta* 53
7 *Donde François explica una historia instructiva y un caballero de la triste figura incita a los bribones a la Cruzada* 67
8 *Donde, después de una marcha forzada bajo la lluvia, Colin, llamado el Jabalí, se enfrenta con el jabalí que le obsesiona* 79
9 *Donde veo por primera vez el mar. Y entra en escena el sombrío Giùbal Tubalcain*........ 87

10 *Donde llegamos a Roncesvalles y nos es mostrada una mortífera máquina lanzallamas* 97
11 *Donde toman cuerpo todos mis miedos y después gira la rueda de la fortuna* 107
12 *Donde François me explica la historia de su desventurada juventud y las intrigas referentes al grial de Berart de la Barre* 119
13 *Donde tengo experiencia del amor y de la muerte, de los horrores de la guerra y del valor de la verdadera amistad* 131
14 *Donde termina esta narración, pero comienza un gran viaje* 145

EL BARCO DE VAPOR

SERIE ROJA (a partir de 12 años)

1 / *Alan Parker,* **Charcos en el camino**
2 / *María Gripe,* **La hija del espantapájaros**
3 / *Huguette Perol,* **La jungla del oro maldito**
6 / *Jan Terlouw,* **Piotr**
8 / *Hannelore Valencak,* **El tesoro del molino viejo**
11 / *José A. del Cañizo,* **El maestro y el robot**
12 / *Jan Terlouw,* **El rey de Katoren**
14 / *William Camus,* **El fabricante de lluvia**
22 / *José Luis Olaizola,* **Bibiana y su mundo**
36 / *Jan Terlouw,* **El precipicio**
37 / *Emili Teixidor,* **Renco y el tesoro**
39 / *Paco Martín,* **Cosas de Ramón Lamote**
45 / *Walt Morey,* **Kavik, el perro lobo**
49 / *Carmen Vázquez-Vigo,* **Caja de secretos**
50 / *Carol Drinkwater,* **La escuela encantada**
51 / *Carlos-Guillermo Domínguez,* **El hombre de otra galaxia**
52 / *Emili Teixidor,* **Renco y sus amigos**
53 / *Asun Balzola,* **La cazadora de Indiana Jones**
57 / *Miguel Ángel Mendo,* **Por un maldito anuncio**
60 / *Jan Terlouw,* **La carta en clave**
61 / *Mira Lobe,* **La novia del bandolero**
62 / *Tormod Haugen,* **Hasta el verano que viene**
63 / *Jocelyn Moorhouse,* **Los Barton, ¡vaya familia!**
64 / *Emili Teixidor,* **Un aire que mata**
65 / *Lucía Baquedano,* **Los bonsáis gigantes**
67 / *Carlos Puerto,* **El rugido de la leona**
69 / *Miguel Ángel Mendo,* **Un museo siniestro**
71 / *Miguel Ángel Mendo,* **¡Shh... Esos muertos, que se callen!**
72 / *Bernardo Atxaga,* **Memorias de una vaca**
73 / *Janice Marriott,* **Cartas a Lesley**
75 / *Jordi Sierra i Fabra,* **Las alas del sol**
76 / *Enrique Páez,* **Abdel**
77 / *José Antonio del Cañizo,* **¡Canalla, traidor, morirás!**
78 / *Teresa Durán,* **Juanón de Rocacorba**
79 / *Melvin Burguess,* **El aullido del lobo**
80 / *Michael Ende,* **El ponche de los deseos**
81 / *Mino Milani,* **El último lobo**
82 / *Paco Martín,* **Dos hombres o tres**
83 / *Ruth Thomas,* **¡Culpable!**
84 / *Sol Nogueras,* **Cristal Azul**
85 / *Carlos Puerto,* **Las alas de la pantera**
86 / *Virginia Hamilton,* **Plain City**
87 / *Joan Manuel Gisbert,* **La sonámbula en la Ciudad-Laberinto**
88 / *Joan Manuel Gisbert,* **El misterio de la mujer autómata**
89 / *Alfredo Gómez Cerdá,* **El negocio de papá**
90 / *Paloma Bordons,* **La tierra de las papas**
91 / *Daniel Pennac,* **¡Increíble Kamo!**
92 / *Gonzalo Moure,* **Lili, Libertad**
93 / *Sigrid Heuck,* **El jardín del arlequín**
94 / *Peter Härtling,* **Con Clara somos seis**
95 / *Federica de Cesco,* **Melina y los delfines**
96 / *Agustín Fernández Paz,* **Amor de los quince años, Marilyn**
97 / *Daniel Pennac,* **Kamo y yo**
98 / *Anne Fine,* **Un toque especial**
99 / *Janice Marriott,* **Operación «Fuga de cerebros»**
100 / *Varios,* **Dedos en la nuca**
101 / *Manuel Alfonseca,* **El Agua de la Vida**
102 / *Jesús Ferrero,* **Ulaluna**
103 / *Daniel Sánchez Arévalo,* **La maleta de Ignacio "Karaoke"**
104 / *Cynthia Voigt,* **¡Pero qué chicas tan malas!**
105 / *Alfredo Gómez Cerdá,* **El cuarto de las ratas**
106 / *Renato Giovannoli,* **Los ladrones del Santo Grial**

d

Erscheint im **September** 2002

Sperrfrist: Bitte nicht vor dem 30.08.2002 besprechen